L'immeuble des femmes qui ont renoncé aux hommes

没有男人的公寓

〔比〕卡琳娜·朗贝尔 著
黄可以 译

人民文学出版社
PEOPLE'S LITERATURE PUBLISHING HOUSE

著作权合同登记号 图字 01-2018-6386

图书在版编目(CIP)数据

没有男人的公寓 /（比）卡琳娜·朗贝尔著；黄可以译. —北京：人民文学出版社，2019
ISBN 978-7-02-014898-1

Ⅰ. ①没… Ⅱ. ①卡… ②黄… Ⅲ. ①长篇小说-比利时-现代 Ⅳ. ①I564.45

中国版本图书馆 CIP 数据核字(2019)第 014968 号

责任编辑 朱卫净 郁梦非
装帧设计 钱 珺

出版发行 人民文学出版社
社 址 北京市朝内大街 166 号
邮 编 100705
网 址 www.rw-cn.com

印 刷 上海利丰雅高印刷有限公司
经 销 全国新华书店等

字 数 104 千字
开 本 787×1092 毫米 1/32
印 张 8.125
版 次 2019 年 9 月北京第 1 版
印 次 2019 年 9 月第 1 次印刷

书 号 978-7-02-014898-1
定 价 49.00 元

如有印装质量问题，请与本社图书销售中心调换。电话：010－65233595

致下一段爱……

这不可能，自尊说。

这很冒险，经验说。

这不会有结果，理性说。

试试看吧，内心悄声说。

——威廉·亚瑟·沃德

- 1 -

前往孟买的旅客请注意，您乘坐的542号航班很快就要起飞了，请您抓紧时间由1号登机口登机，谢谢。

机场广播让大家越发不安。留在巴黎的三个女人忧心忡忡地围住她们即将飞向远方的朋友。

“亲爱的，护照带了吧？”

“带了，西蒙娜宝贝。”

“我在你背包口袋里放了点杏仁。”罗萨莉小声说道。

“小天使，有了你的杏仁，空姐不给我航空餐我也饿不着了。”

她们到得太早。咖啡喝了好几杯，点的羊角包和奶油泡芙却谁都没碰。她们把有的没的全都聊了个遍，偶尔又都沉默不语。离别的时刻总有千言万语。一个人说完另一个接着，然后再换第三个。有人想去洗手间已经想了一个小时了，但现在不是时候，她可不想冒着错过朋友启程那一刻的风险走到大厅的另一边。大家不是在不停地问问题，就是你一言我一语地叮嘱着：降落的时候记得嚼口香糖。不要去恒河里游泳。只喝瓶装水。给我们带四套纱丽回来。小心绿咖喱。牛是他们的神兽，路上遇到了牛要让它先过。飞机上太吵的话就把耳塞戴上。印度有多少人？有多少人光着身子上街？和我们保持联系啊，至少到了要说一声。记得回来。

“亲爱的朋友们，我已经四十七了好不好。”

“是，但这是你第一次出远门啊。”

不知何时，她们身边突然冒出一对拥抱缠绵的男女。偌大的候机厅挤满了人，她们此刻却只能看到这对情侣，身着白衣，发丝交缠，四唇相织，俨然融成了连体婴儿。四只手钻入熟悉的地方，相互抚摸，紧抓不放。他们分开了，但只分开了两公分。他们呢喃低语，两具身体以最美的方式交错。四个女人寻思着他们正对彼此说着爱语、气话还是安慰，要离开的是男人还是女人，他们是否就此别过永不相见，是否还没决定好将来。她们找不出答案。

“差点忘了，女王要我把这个给你。等你安顿下来，把这个种起来，看到它就想想我们。”

卡拉拿出一袋竹米。

“照顾好它。”

“一定要好好照顾。好了……走吧。”西蒙娜说。

然后她再拥抱这个朋友最后一次。

吉斯皮娜看着卡拉的眼睛。

“一路顺风！[1]”

“啊！终于还有人记得要和我说这个。谢谢美女！[2]”

罗萨莉紧紧抱住即将启程的冒险家。

---

1 原文为意大利语：Buon viaggio！

2 原文为意大利语：Grazie bella！

“别忘了我们。”

像所有送别自己的爱人到地球另一端生活的人一样，她们盼着她改变主意，一直目送到看不见为止。但是，从来都没有人真的改变主意。卡拉转过身，笑着，消失在她们的视野中。

西蒙娜的手指在手机屏幕上飞舞。她要打给留在公寓六楼的那个女人。

“好了，她走了。竹米也给她了，我们现在回来。”

她们勾着手，跟着吉斯皮娜飞快地穿过机场。她们忘掉了刚才那对依依不舍的情侣，不去理会大声叫嚷着决不给行李的超重部分付钱的女人，一股脑地向前走，无视周围躺倒在等待大厅长椅上的妈妈、攥着毛绒玩偶的宝宝、盯着电脑屏幕的大人。她们没有说话，但是相互勾着的手臂和相同的心思将她们紧紧联结在一起。

她们坐在小卡车前排，后面塞满了小茶几、扶手椅和桌子。不过就算后面空着，她们也会挤在一起坐。

“你们还记得卡拉刚来的时候吗……”

“她盘了个发髻，戴红色眼镜。”

“她带了个超大的行李箱。”

“你们忘了我们养的小鹦鹉特拉薇娅塔吗？”

“太惨了！”

“让-皮埃尔还特别骄傲，到处炫耀！”

“喵呜一口就没了！”

“那时候整个街区都听到了卡拉的尖叫声。”

她们把特拉薇娅塔埋葬在绣球花下面。女王那个时候还愿意出门。她以自己的方式给她们编了一段俳句，读给她们听：

一只鸟走了，
天和云之间，
明媚的春日。

卡拉带着她巨大的箱子和空空的笼子，想要立刻离开这里。罗萨莉给她做了一个额头阿育吠陀按摩。西蒙娜给她做了些苹果馅饼，那是她最爱的甜点。她后来在这里待了四年。直到一个月前，她和她们说，她要去印度，而且已经找到人接手她的公寓。她让她们不要担心。她找到了一个很棒的女孩子。

“接手我房子的姑娘叫茱丽叶。”

“她什么时候来？”

吉斯皮娜提高声调。

“她要住进的是我们这个公寓楼，可不是住进随便什么磨坊里。希望她不会刁难我们。”

罗萨莉笑了。

“也不是每个人都能习惯幸福。”

“但是很简单啊。住在我们这里，就不会遇到什么严重的事情。”西蒙娜反驳说。

“除了在楼梯上摔倒。”吉斯皮娜说。

“无论如何，在这儿你不会因爱而伤。”罗萨莉总结道。

其他人都笑了。

“刹车，红灯了！”

吉斯皮娜负责选音乐。她们打开窗户，放声高歌。吉斯皮娜记得全部歌词，其他姑娘跟着哼：让我唱吧……手里拿着吉他……让我唱吧……我是意大利人……[1]

巴诺雷门附近堵车了，车子慢下来。她们也不着急。没有孩子，没有男人。只有让-皮埃尔。

“吉斯皮娜，哪天带我们去你老家玩玩吧？”

“嗯……”吉斯皮娜嘟囔道。

“我真想去锡拉库萨[2]看看。”

“嗯……”

“那边很暖和吧。”

“好啦，好吧。我们开我的小卡车去。我试试看把小卡车清空。”

---

1 原文为意大利语。这首歌是意大利歌手托托·库图诺（Toto Cotugno）的《意大利人》（*L' Italiano*）。

2 位于意大利西西里岛的一座城市。

西蒙娜一下子激动起来。

“我们可以搭顺风车去！”

罗萨莉把手搭在手臂上。

“有什么用呢？即使你碰到个男神级的，我们也不能绑架他然后把他带回家。”

“有时候我都忘了公寓楼的规矩了。”吉斯皮娜说。

“你怎么能忘记这个，吉？”

“因为，男人啊，我已经和他们划清界限了。”

“你们觉得女王会陪我们去西西里岛吗？”罗萨莉问。

“你也知道，她不会离开她的竹子的。她也不会下楼。除了她不得不离开的那天。”

罗萨莉调低了音乐的声音。她转向其他人。

“有些问题我真是不想知道答案。”

吉斯皮娜把小卡车停在院子栅栏前面。三人一起下车。西蒙娜和躲在窗帘后面观察她们的邻居打了个招呼。

“巴泰勒米先生又在那里。”

“他不算什么危险。”罗萨莉小声说。

吉斯皮娜站在大家面前。

“嘿，姑娘们！不要相信任何人。永远如此。”

- 2 -

“妈的！”

“怎么了？”

“我差点踩空。”

“开灯啊……”

“我已经试过了。”

黑暗的楼梯间里，抱怨声此起彼伏。

“已经是这个月第三次了。”

“如果是不定时开关，这还挺常见的。”

“但为什么灯会这样跳掉？”

“是那些推特用户弄断了保险丝。”

“你这么说只是因为你不喜欢他们，其实和他们没关系。”

“只有女王没受影响。我听到上面有巴赫的音乐声。”

“她有电池，她总是把自己安顿得好好的。”

“我要的不是电池……我要的是新鲜空气……我要窒息了！”

“坐下来……深呼吸……腹式呼吸……”

“应该在门口五斗柜里留个手电筒。”

“……想象一道波浪……翻走……翻来……”

“有人打电话叫电工了吗？”

“……吸气……波浪来了……”

“她在休假。”

“……呼气……波浪走了……”

“我们很难找到另一个吧。”

“我都不知道巴黎有没有第二个女电工。”

一层和二层之间的楼梯平台上，她们一个拽着一个。漂亮的罗萨莉念诵着曼特罗。吉斯皮娜叫她停下来，不要做这种愚蠢的行为。西蒙娜觉得一口好烟可以让大家都平静下来。

“让-皮埃尔！你吓到我了！”

“让-皮埃尔？我以为这里只有女人呢。”

“谁在说话？”

“是住在卡拉家的那个姑娘。”

“是我，茱丽叶。我昨晚到的。谁是让-皮埃尔？”

“昨晚……就来了！”吉斯皮娜惊叫。

“让-皮埃尔，是这栋楼里唯一的男性。”

“可惜他不会换保险丝。”

“他又无所谓，他没灯也看得见。”

“让-皮埃尔，亲爱的快来，她们嫉妒你在我床上过夜。”

“一只猫永远都不能代替一个男人！”

“我说，新来的，卡拉有跟你讲清楚我们这里的规矩吗？”

“大概吧。”

“这里很严格的！没有丈夫，没有情人，没有男消防员，没有男电工。”

“没有男披萨外送员。”

“没有男人！”

“没有男人？”茱丽叶语塞。

吉斯皮娜不耐烦了。

“现在你都懂了。好了，我们现在怎么办？”

“如果这一带都停电了，那也没办法去看电影。”罗萨莉回答道。

“我们又要就着蜡烛玩拼字游戏了。”西蒙娜接着说。

“好吧，但你不许作弊。”

“我没作过弊，我上次用‘和风’这个词赢的。”

“这个词算了三倍分！”

“而且，那么凑巧，你居然刚好就有 z 和 y！”

“‘正是巧合掀翻了蚂蚁，让它看到天空。’[1]”

1　阿拉伯谚语。

“你就像个蚂蚁！”

“我们去你家吧，吉斯皮娜。你家比较近。”

她们扶着楼梯栏杆。西蒙娜勾着罗萨莉的手臂。

“跟我们来，让-皮埃尔。”

“你自己一个人行吗，茱丽叶？”

茱丽叶呆坐在第五级台阶上。

没有男人！

- 3 -

一栋特别的公寓楼。一位痴迷巴赫的女王。一次非同寻常的碰面，只有声音，没有脸孔。茱丽叶一直都不知道其他房客是谁。电一直没来。其他人都去玩拼字游戏了，她一个人摸黑回到房间里睡下。

不过，她第一次走进这条小巷时就感觉到一种莫大的安全感。一栋栋浅色门楼的砖房，覆着常春藤和紫藤萝，砖房之间装点着小花园或是花径，给巴黎二十区带来一些田园气氛。时间仿佛停住了，这一隐秘小岛散发出的静谧让茱丽叶不禁放慢脚步，看看蓝天，听听鸟语。推开十五号院子铁栅栏的动作让她有一种似曾相识的感觉。这种既视感，这种仿佛早已经历过这一切的感觉，在之后的日子中不停重现。她终于来到了对的地方。她就应该生活在这里，而不是别处。

她只会在这里待几个月，为什么会这么确信？可能因为那长椅吧。长椅上坐着一对老夫妻，似乎按自己的节奏生活着。瘦小的老太太蹒跚前行，老头比较结实，搀着老伴儿。茱丽叶注意到他仔细地掸去老太太要坐的地方的灰尘。他们就这么坐着，不言语。有时，老头会以一种无比温柔的方式为老伴捋顺一绺银发……也可能因为那些绣球花吧，今年开得真早。茱丽叶一直都很喜欢这种花。铺着石板的院子里，一大丛一大丛的绣球、覆盆子、锦葵，远一点的地方，近处的靛蓝渐渐延伸出变幻的色彩，如此特别，因为这些花明明是蓝色的，远处却成了粉色……可能是因为木门上刻的尖耳朵怪诞小鬼，它吐舌头的样子让茱丽叶不禁发笑，再仔细一看，其实是一个小女鬼……也可能是因为门口的梨木五斗柜和插满正行着屈膝礼的毛茛的玻璃花瓶。

如果说她的舒适感并不来源于这些迷人的细节，那一定是来源于这间大房子的浪漫故事。一个爱得痴狂的意大利男人把这间房子当作礼物送给现在的女主人。然后，一天晚上，他消失了。

在介绍完街区之后，卡拉简单地补充："你未来的邻居们都是讨人喜欢的女人，她们彼此差异很大。把我们聚在一起的，是同一个选择：生活中没有男人。这对我们来说正合适。"

茱丽叶很喜欢这个词，合适。

- 4 -

二楼住的是吉斯皮娜·沃皮诺，以前大家都叫她科塞塔。在她的家乡，科塞塔的意思是“小女人”。她再也不想被这么叫。当她来申请住进这间公寓时，她把自己的故事讲给女王听，仿佛是一次心理治疗，试图永远摆脱过去。她用女烟枪的沙哑嗓音，解释了她家没有男人的原因。

“打住！够了！[1]”

如果你出生在卡萨塔尼塞塔，卡塔尼亚一百公里以

1 原文为意大利语：Finito! Basta!

外的小山丘上，而你又有一个父亲和三个兄弟，你唯一的选择，就是他们的选择。所作所为只有一种方式，就是顺从他们的准则和名誉。没有他们的同意就不能呼吸。西西里的家庭就是八爪鱼，无数触角掌控着一切！

土地变得太干了，沃皮诺一家不得不放弃他们的葡萄地和橄榄地，来到法国北方的矿里工作。但是，他们一直以西西里人的方式生活，保留着他们最重要的部分，即他们的灵魂。爸爸马塞洛从来不笑。他每天在地下道里冒着生命危险，但这并没有让他的性格变得平和。头上几百立方体的土让他害怕自己像篮子底的无花果干一样被压扁。无论是冬天还是夏日，工作之后，他永远都在小酒馆里，鸭舌帽压在脑袋上。他沉默寡言，从不多解释自己的选择。一根眉毛比另一根高，就是在表达反对。至于妈妈，她的身体和心一样粗砺。她没时间坐下，从日出到日落不停地为家里的男人服务。怎么想是她的事，但她必须闭上嘴。只有一次，晚餐快吃完了，四个五岁的孩子都在餐桌边时，她放胆说了一句。

“我出去了。”爸爸边说边检查自己的帽子有没有戴好。

“酒鬼！”妈妈咬着牙嘟囔。

他抓起装满了滚烫咖啡的金属摩卡壶，朝自己老婆的头上扔过去。夏天，咖啡渍还会和黝黑的皮肤弄混，但冬天，一道醒目的阴影从喉咙一直灌到衣领中。

这个家里，大家都无视这道阴影的存在。吉斯皮娜那时候还小，但四十年后，每每想起母亲的脸，她的眼中仍会蒙上一层忧郁。

她的哥哥们，提齐安诺、安杰洛、法比奥，非常相像：油光闪亮的黑色头发，粗糙的胡子，衬衫扣子开得很低，露出一部分胸毛和十字架项链。紧身裤，手插口袋，懒鬼般晃来晃去，用觊觎又傲慢的眼光打量女人，把所有男人视作对手。千万别把他们看作意大利人。被看作意大利人是对西西里人最大的侮辱之一。

这些保镖到处跟着吉斯皮娜，成天对她说着同样的话：

“不要相信男生！[1]”

对他们来说，女孩子不该出门，不该喝酒，不该抽烟。女孩子就是行走的清规戒律。所以，当他们发现吉斯皮娜从学校回来的时候颈子上有吻痕，他们赏了她巴掌。扇了三下。一人一下。他们已经走偏了，她是最后的小苗，不能让她长成杂草。彼时年仅十三岁的吉斯皮娜没有哭。她站得笔直，看着他们，脸颊滚烫。

*

房租不贵，但是租客必须讨房东喜欢。女王很喜欢，这个一瘸一拐、身体干瘦如昆虫的女人讲述的故事里散发着强大的个性。她黑发中有一绺灰色，深色的眼睛，活泼的眼神。大冬天的，她穿着花朵裤袜和五十年

1　原文为意大利语：Nessuna confidenza con i ragazzi。

代风格的丝绸裙，外面披着一件过大的旧麂皮外套。一条长得看不到头的、好像由一个完全不顾针脚的人织成的紫色围巾补足了整体造型。

吉斯皮娜，是小女人的反义词。她每天五点就起床了，看都不看一眼天，就爬上自己的小卡车，嘴角叼着一根穆拉蒂，去跳蚤市场摆摊子，淘淘旧货，探探人家的仓库。

女王想都没想就同意吉斯皮娜住进来，她从没后悔过这个决定。吉斯皮娜更是没后悔过。

- 5 -

茱丽叶受邀去公寓楼的顶层。她在楼梯间里听到了一个奇特的声音，让她想起蝉鸣。她笑了。

在第六层楼梯间的墙上，虫蛀的框子里框着一张海报，海报上一个快乐的年轻女孩穿着芭蕾短裙，踮着脚尖。皇家歌剧院—斯黛拉出演《葛蓓莉娅》—一九七二年十二月十六日周六。

“这部剧我看了好多次，所以把海报贴墙上了。”

茱丽叶抬起头。贴海报的女人在那儿，靠在门框上。优雅、纤细，是女王！笔直的背，低低的肩膀，丁字步，穿着芭蕾鞋，完美剪裁的深灰色的长裤和一件珍珠色的羊绒衫。灰色的头发在脑后盘成一个发髻，更突出她完美的鹅蛋脸。优雅和朴素让她的双眼散发出一种难以置信的紫水晶的光芒。总之，她的样子有着一种让人崇敬的女王感。

七十五岁了，芭蕾舞名伶没有忘记那个晚上斯德哥尔摩的欢呼：观众都起立鼓掌，掌声持续了十二分钟，瑞典王室家族坐在包厢里，不断有花束被扔到舞台上。演出后，国王的一个堂兄来到她的化妆室里对她说："我刚刚度过了一段非凡时光。您是世界上最美的舞者。"

世界上最美的舞者看着她的新房客。充满朝气的姑娘，彩色花纹连衣裙下诱人的丰满身材，厚厚的棕红色鬈发下圆润的脸庞，脸庞上绿色的大眼睛闪着金光。

"听到蝉鸣不要惊讶。我很想念夏天……热，薰衣草，还有裸体躺在沙滩上的我。"

卡拉，你没有全都告诉我！

"进来，把门带上。这些小东西都太棒了，"房东边继续说边给她看自己的 iPod，"里面不仅有蝉鸣声，还有我住在远方的弟弟的笑声，我出生地圣厄拉利耶小镇的钟声，小镇里五月开始响起的夜莺歌声。还有海鸥声，还有很多掌声。”

茱丽叶惊奇地发现客厅的两面墙都装着落地窗。她感觉自己置身于空中。

“欢迎来到我的王国！”

女王以一种茱丽叶羡慕的考究体态邀请她坐到自己身边巨大的红丝绒长沙发上。普列克斯玻璃矮桌上的球形花瓶里插满了淡粉色牡丹，地板上也铺满了牡丹花瓣。镜面托盘上放着两只绿松石水杯和一只装满了水梨露的长颈玻璃瓶，旁边是小巧的柠檬挞和一小堆马卡龙。

好像在玩挑竹签，拿一个，整个堆就要塌了。

“所以姑娘……你的生活中没有男人？”

暂时没有。但不会太久。

“没有男人，是在这里生活的必须条件。男人不能越过门口的栅栏。”

那夜里可以给他们发信息吗？

这个女人的威严和这栋楼的规定让茱丽叶沉默。她需要这间公寓。但她不想对女王说谎。

“我的生活中还是有个马克斯的，他是我最好的朋友……”

女王打断了她。

“我的房子里不能有任何男人！没有例外！不过这个城市可以住的地方还很多。”

她大概会砍了违反规定的人的脑袋，就像《爱丽丝漫游仙境》里的红心皇后。

“你平时做什么的？”

“我是剪辑师。”

“剪辑什么的？”

“现在我在做一个经典电影镜头的集锦，是一种回顾。”

女王给茱丽叶倒水梨露。她倒满第一个杯子，抬起头，看着茱丽叶，又倒满第二杯，放下玻璃瓶，问道：

"那你是怎么选择要剪进去哪些镜头呢?"

"我觉得就是跟着感情走吧。"茱丽叶答道。

两个女人看着彼此。

"选那些让我震动的镜头，那些可以看上很多遍也不会厌倦的镜头。比如说《人与神》[1]里就有不少。您看过这部吗?"

"看了三遍!"

简直了!我正喝着水梨露，坐在云里，和一个会砍人头又痴迷电影的女王在一起!

"您还记得那个镜头吗，背景音乐是柴可夫斯基的曲子，镜头扫过一个个决定放弃生命的修道士的脸。"

"嘀哩哩嘀哩哩……嘀哩哩哩……这也是天鹅湖的配乐。"

女王快速地挥动着手，像一只激动的蝴蝶，回味着一连串舞姿。茱丽叶的目光离不开她的手。

---

1 《人与神》(*Des hommes et des dieux*)，由法国导演泽维尔·布瓦执导，获得第 63 届戛纳电影节评审团大奖。

下次我再看这部电影的时候，我会想起这一刻。

女王平静下来，回到当下。

“那你选的所有镜头里你最喜欢哪一个？”

“《老枪》里，罗密·施奈德和菲利普·诺瓦雷在咖啡店里相遇的那幕。”茱丽叶想都没想就回答道。

“我不记得他们的台词了。”

茱丽叶重现场景，每句台词切换不同的声音，清亮的代表罗密，低沉的代表诺瓦雷[1]。

克拉拉：您是做什么的？

于连：我是医生。您呢，您是做什么的？

克拉拉：我？我什么都不做。

于连：真的什么都不做？

克拉拉：反正我一直在试着做些什么。但什么都不简单……您怎么了？

于连：我爱您。

---

1 电影中，罗密·施奈德和菲利普·诺瓦雷分别扮演克拉拉和于连。

茱丽叶的目光移到了阳台上：空中花园从客厅的这头延伸到另一头。

“竹坛！太美了！”

“这既是我的骄傲也是我的烦恼。”

“为什么烦恼？”

“竹子应该可以开花的。”

“所以……”

“有些竹子每一百二十七年开一次花，那是个特别的时刻。全世界同一种类的所有竹子同时开花，无论它们身处何方，无论它们什么时候被种下。然后很快，它们就死于筋疲力尽，也是同时。如果这天有风，据说会听到竹子的哭声。”

“所以您也是植物学家？”

女王扑哧一声笑了出来。

“要知道，植物和人类一样奇妙。它们靠会飞的化学分子相互交流。”

“那是一种集体自杀？”

“更多是一种基因记忆吧。想象一下，人类中所有雄性样本都和竹子一样拥有相同的基因，他们也会全都同时归天！”

女王的声音突然感性起来。

“女人的一生中需要很多很多的男人。一千个男人……一千次花火！”

一千个！他们都躲哪儿去了？

“送您这栋楼的男人……”

“你好像已经知道很多事情了。”

“卡拉告诉我的……对不起……我不知道您……”

女王沉默了一会儿，接着说起来。

“他叫法比奥。这栋楼是法比奥送给我的。我还记得他对我说：‘让这栋楼成为保护你的堡垒，亲爱的。’……只有在舞台上，我们才能零失误地每天和舞伴跳着一样的动作。生活中，麻烦得多。”

女王站起来，单脚着地，简单地转了一圈，她的脚掠过花，牡丹的最后几片花瓣应声而落。

茱丽叶愉快地看着她。

这下我懂了。她抽了竹叶卷烟！

女王背朝茱丽叶，不让她看到自己张扬着痛苦的脸庞。总是这该死的胯。她去坐在一把小扶手椅上，把小柠檬挞放到两只盘子里。落地窗透进来的光线给她镀上了一层琥珀色的光晕。

她安静的时候真美。

“爱情，就是把自己丢进空无。”女王低语。“男人们晕头转向，依赖着自己的母亲、孩子和玩具。我还记得亨利……”

茱丽叶向前挪到长沙发边，为了听仔细这悄悄话。

“他那时六十二岁，说到自己的爱好时，他的眼睛会发光。去他家的时候，我发现整个客厅都装满了他的这个爱好：电动火车！”

东方快车号，和一个男人！光滑桃花木的车厢，床头灯的柔光，床上铺着上了浆的白色床单，在伊斯坦布尔和圣彼得堡之间翻云覆雨……

“他一整年都在等着去阿姆斯特丹的那一刻，为了在当地一个专门商店里买一节车厢或是火车站平交道口的栏木。男人们收藏东西是为了与死亡焦虑作斗争。世界上某个地方还有三张邮票或者一个机车头要买，他们就不能死。”

为什么她跟我说这些？她在这里应该很无聊吧。她没有观众了。我要去看电影……周三，下午两点。

“那女人也收集东西吗？”

“女人很少收集。我，我以前收集男人。”

女王和她昙花一现的情人们。

茱丽叶笑着回答：

“我，我收集过玛蒂娜故事书：《玛蒂娜在海边》《玛蒂娜在乡村》……”

“玛蒂娜，我觉得她太乖巧了。”

女王重新盘了一下发髻。茱丽叶的目光滑到了她羊皮纸般皱褶的双手上。

这双手也曾纤细、美丽、光滑。这双手也曾抚摸过什么。

“一千个男人，一瞬之光。他们所有人都疯狂地爱过我。几周热情的追求，然后是一次无与伦比的闪婚。”

啊！这就是“女王”了！男人的终结！

“当有十个男人都给我送了一筐筐的玫瑰和珠宝，难的就在于做出选择。我出现，消失，听，看。观察男人很有意思。”

“爱情，”茱丽叶说，“也是每天的小日常，两个人一起去逛市场，每天晚上四只手一起做饭，一边聊着白天发生的事情。”

“你所说的爱情，是一种需要坚持的旅程。真正的爱情是野生的，而不是精心打理的花园。”

一只熊蜂飞进屋里，停在一个画框边上。女王起身，用两只手指温柔地捏住它，把它放在手心，握起拳头。她把落地窗打开，顿了一下，似乎在放它自由前犹豫了一番。

它得到了特赦！

“我为了他们兜兜转转。我看到他们的眼睛亮起来，就像我父亲第一次看到我跳舞时那样。”

茱丽叶看起来有些悲伤，女王一下子就想到了卡拉和她说的“断臂”的故事：茱丽叶十岁的时候给自己打了个假石膏，为了引起父母的注意。她整整装了八天，但她父母什么都没发现。

茱丽叶粗暴地抓起一颗马卡龙。又抓起另一颗。小堆塌了。

女王察觉到年轻女孩的不安，站起身，摸摸她的脸颊，慢慢地走向阳台。

她回想起自己年轻、貌美、被殷勤的男人环绕的时光。

“我与自己的回忆一起生活，院门口的栅栏是我的防线。”

她太美了。她还是那么有吸引力。

女王背对着茱丽叶，面对着竹子，就这么站着。

“我先走了……我知道回去的路。”

- 6 -

我先走了。

茱丽叶坐在楼梯上。她闭上眼睛。

……夏天，埃特雷塔的假期，她八岁。她的父母白天把她丢在企鹅俱乐部。这是为了她好。总之父母是这么说的。

三，是一个他们不大喜欢的数字。她其实只有一个愿望：和他们一起，走在他们中间，和他们手牵手。

带我一起吧，我不会吵的。

下雨了，俱乐部里有很多小孩。有些大孩子去玩蹦床了。其他小孩没那么大胆，或是更为谨慎，都待在室内。整个俱乐部像一只大鸟笼，装满了扇着翅膀叽叽喳喳的麻雀。茱丽叶躲在昏暗的角落，静静地看着他们。这里让她想起学校，下课的院子和七嘴八舌的女生们。

她们的嘴里全是谎言。最可怕的就是艾洛蒂："早上，妈妈为了叫醒我，会钻进我的被子，边给我唱歌边用羽毛轻抚我的脸。"真矫情！我就自己起床。我是大孩子，我知道，即使我从来没有吹过蜡烛。艾洛蒂和她们其他人都是骗子。她们说她们的妈妈闻起来很香，还叫她们"我的小公主""我的小美女""亲爱的"。蛇蝎的谎言，老女人的幼稚鬼……全都下地狱吧！我，我没时间闻她的香水和裙角，呸……她总是很快地从我身边经过，就像我们躲开脸上长满水痘的食堂学监吉泽尔一样。

企鹅俱乐部，所有人都暂停游戏。有人打开一包饼干，有人从包里拿出几块馅饼和一块蛋糕，这么多精致包装的点心。她什么都没有。她的父母没有想到这些。

我饿了！我饿了！我饿了！

一个穿着条纹背带裤的金发姑娘递给她一个苹果。茱丽叶咬着嘴唇，皱着眉头，为了试着接过那只苹果。但最终她还是低下了头。

吃过点心后，所有人都参与到同一个游戏中。大家把彩纸剪成小块，贴成奇怪的动物，然后唱着歌把东西收好。没有人邀请茱丽叶一起玩。

没有人看到我。我是透明的。

孩子们一个个被接走了，父母们欢快地告诉着孩子们晚上吃披萨或者一起去集市玩。五点半的时候大家都走了。鸟笼安静下来。再也没有叽叽喳喳的麻雀。玩具在格子柜里睡着了。只剩下茱丽叶。在这巨大的空空如也的屋子里。五点四十五，六点……

这里和多维尔的米奇俱乐部、勒图凯的鼠海豚俱乐部、阿卡雄的小水手俱乐部都一样。我不能哭，我会停不下来的。

辅导员帕皮塔是一个神经兮兮的扎着马尾的小个子棕发女人，她调着墙上的摆钟，好像茱丽叶的父母会从里面出来一样。她的目光在茱丽叶和摆钟之间来来回回。

他们这次可能不会来了。

茱丽叶头很晕。她用拇指搓着食指，越搓越用力。

可能我应该跟给我苹果的那个女生一起回家。父母还活着的小孩可以被收养吗？

六点半，七点。还是没人来！帕皮塔不耐烦了，她翻着写有名字和电话号码的名册。空的。他们走的时候地址也没留。

我，人们管我叫“嘘——”！真恶毒，但总比没有名字好。一点点声音总比寂静好。寂静无边无际。它是冰冷的。它缠绕着我，让我痛。有时候，我会大声喊“有—— 人——吗？”但是声音被困在房间里。最后总是寂静获胜。

帕皮塔自言自语。

"我们看电影要迟到了。他讨厌等人。我今晚过不好了。"

她要把我怎么样？她会把我丢在哪？丢在电影售票处吗？还是丢去警察局？

帕皮塔走来走去……窗户，摆钟，门，名册，茱丽叶，然后再一遍。马尾摆来摆去。茱丽叶想要抱住她的腿让她不要再动了。突然，帕皮塔停下脚步和自言自语，停在茱丽叶面前吼道：

"你爸妈到底去哪儿了？"

茱丽叶不知道。他们从来不和她说他们去哪了。

我不够美，不能和他们一起散步，我就像他们漂亮衣服上的一块污渍。两个人更适合。

为了阻止帕皮塔的审讯，她画了酒店，很大的酒店，面朝大海。帕皮塔小姐冲向电话。

"一个小女孩……一个人……请快一点。"

她从包里拿出一个化妆包，对着镜子涂上眼影和口红。

这些颜色真美。我，他们想要把我忘掉。他们成功了。我是他们最不在乎的事情里最微不足道的那一件。

茱丽叶背靠在窗户上。

她开始化妆了，那她快走了……那这里就没人了……只有寂静和我。

她听到停车的声音和关车门的声音。她屏住呼吸。然后她认出了妈妈高跟凉鞋的踢踏声，那双鞋让她的腿显得更长，脚踝显得更细。她尖细的嗓音与父亲低沉的声音相互应和。茱丽叶的心像鼓一样敲个不停。

他们回来找我了。

她从窗户看到爸爸勾着妈妈的颈子，咬她，啃她，对她耳朵小声说着什么。他们真美。他穿着一件天蓝色的衬衫，敞开扣子，露出黝黑的上身。她穿着一条轻薄的连身裙，裙摆随着她每个动作摇曳。

他们好像电影演员。

他们笑着走进来，轻快得像肥皂泡。茱丽叶跑向他们。

“小心，你会弄坏我的裙子！”

“怎么样，玩得开心吗？”

“太久了。”

“你总是夸张。”

“我以为你们把我给忘了。”

“嘘——！”

帕皮塔不耐烦地说：

“这里活动十七点就结束了。我不是你们的保姆。”

茱丽叶的父母拥吻着。

帕皮塔愤怒地看着他们。

茱丽叶欣赏着妈妈美丽的脸庞。

或许有一天她会把我抱在怀里。

“来，走吧，我们还有别的事情要做呢。我们吃饭要迟到了，我们还要把你放到酒店。”

“我饿了。其他小朋友都带了点心。”

“嘘——！”

电影演员们走在她前面，窃窃私语。

“你还记得企鹅俱乐部吗?”她父母经常让她回想起这一段，就像一个好笑的笑话，像一个联结他们的回忆。虽然他们那么多次在那么多地方忘记她。

是的，茱丽叶都记得。每个细节。他们就在那儿，在她的脑袋里，生了锈，根深蒂固。从那以后，她身上总带着巧克力。

人们可以像储存糖果那样储存爱吗?

茱丽叶想去敲女王的门，向她讲述这段回忆。她看着海报，站起来，下到三楼，往脸上泼冷水，吞下松软可可蛋糕的一小块，吃完整个蛋糕，然后离开公寓。

-7-

茱丽叶关上栅栏。小巷的另一边，二楼窗户的窗帘打开了，隐约看到一个身影。她一走远，身影就不见了。

她在小街巷中随意穿行，被早春出人意料的热包裹着，与聊着天、手臂下夹着法棍的人们擦肩而过，然后试着回想卡拉邀请她住进来的时候和她说了什么。

她们在路易·卢米埃电影学校相识。那时，卡拉刚去那里做秘书，而茱丽叶在念最后一年。卡拉第一次见到茱丽叶的时候，她满眼是泪，坐在走道里。那是学期末的电影放映日。茱丽叶的脸颊上留下了几道混着睫毛膏的泪痕，卡拉被这个漂亮女孩的忧伤打动。她们经常聊天，直到第三学期末，然后就没有再见面。几周前，她们在电影资料馆又遇到了彼此。那时，卡拉刚刚决定去印度几个月。她的公寓空出来了。她们约定找个时间再见面，聊一下租房子的事情。

“……在街的最里面，右手边，是孢子甘蓝蔬菜店。这是尼柯拉和莫妮克的地盘，她们俩以前是邮局公务员，如今在西葫芦、昆诺阿苋和其他各种蔬菜中找回自我。特别是各种生菜：罗曼生菜、紫包菜、红叶卷心菜、绿叶卷心菜、大白菜……你会发现生菜就是她们的心头好。远一点的地方……是书店，书店里有古老的木头书架。书商叫马塞尔。他可是个诗人！他列得书单我都很喜欢，选书上你可以信任他。旁边是花店，老板的杀手锏是花道。这两个人，你会经常看到他们在门口聊天。”

茱丽叶端起咖啡杯的时候，卡拉把钥匙放在桌子上，接着说：

“再往下走，是一个奶酪店，我从来没去过，因为所有价格都以‘.99’结尾，这对我来说太夸张了，我接受不了。左手边是勒鲁瓦兄弟的五金店。戴灰围裙的那种传统五金店。经过他们店门口时他们会和你挥手示意。你进去的话，他们会忘记为你服务，因为，他们喜欢的是评论时事……‘新西兰橄榄球输惨了……议员跑来跟我们握手为了让我们星期天给他投票。’”

再也没办法打断卡拉。茱丽叶又点了一杯咖啡。

“小公园另一边有一个鞋匠，听说他有一双金手。我还没去过。克里斯蒂安的肉店前面有一把长椅。他认识整个街区的人，所以哪天他会介绍你认识雅克，哪天雅克又会给你介绍埃尔韦。埃尔韦是房产中介，他五十岁了，还和自己的爸妈和姐姐住在一起。桑特瑞这一家总是一起行动！他们一个跟着一个走，埃尔韦走在最前面，最后面是他姐姐毛茸茸的大白狗。”

茱丽叶被这些精彩的描绘吸引了，她接受了卡拉的邀请。卡拉说："我会给你写信的。"一切都发生得太快了。茱丽叶有了个新家，而她已经寻而不得好几个月了。但这栋楼里的女人，她完全不了解她们，只知道她们都放弃了爱情。

*

茱丽叶接着闲逛。她的目光追随着一个骑小摩托车的男人。他放慢速度，停下来，从摩托车上下来。牛仔裤为他塑造了圆润、完美的臀形。

还好！这个街区没有禁止男生进入。

她低声唱着：带我飞向月球，让我在群星之间嬉戏……[1] 伴着轻快的脚步，她走进了孢子甘蓝蔬菜店。

"您好，我想要三个黄皮苹果和一把胡萝卜，胡萝卜不要叶子。"

1 原文为英语：Fly me to the moon/ And let me play among the stars。

“现在不是黄皮苹果的季节，我给您换成博斯科普苹果吧，”莫妮克嘟嘟囔囔，“胡萝卜是南特产的，和小洋葱头还有扁豆一起烧特别好吃。回去一定要刷刷干净。我给您留着茎啊，茎里维他命最多。我再给您拿一颗西兰花吧，您吃了以后告诉我觉得怎么样。”

茱丽叶听到背后一个声音低低地说：

“您刚来这里住吧……”

她转过身。一个穿着布鞋的老先生，皮肤白皙，脸颊红润，穿着厚呢长裤、格子衬衫和没有袖子的外套。他看着茱丽叶，左手攥着一只碎花布包。

这条路上唯一一个跟着我的男人有一百五十岁，还穿着布鞋！

“我看到您从那栋楼里出来……”

“我住一个朋友家，她去旅行了。”

“啊！所以您也是……您也是那个小团体的一员！”

只是暂时的。

“以前，很长时间了，那楼里是有男人住的。后来我就再也没见过了。她们可能把里面的男人都杀光了！”

会这么想也不奇怪。

“您买东西的时候，电工的卡车到了。”

“嗯，我们在等他来。”

“车里出来的居然是个女电工！这个世界怎么了？”

茱丽叶决定回家。铁铸的小桌子和椅子让她想在院子里坐一会儿，品尝一下空气的清甜。她脱下袜子。脚趾撑开，她终于找回了自由的感觉。这是她第一次在街区里转悠，她选择了不适合石板路和楼梯的凉鞋。她有各种各样的鞋子，但最棒的就是这双恨天高。这双鞋显腿长，像女演员的腿一样。她知道她的脚忍受不了这双鞋，穿久了会疯掉。尽管如此，当她怯场的时候，有重要会面或是特殊场合，这双鞋比她本人更强大，她要站在高处。她包里会放一双塑料人字拖。当她受不了的时候，她就换上人字拖。

她从袋子里拿出一颗肉质苹果，在羊毛开衫袖子上擦了擦，然后咬了一大口，一边想着骑小摩托车的男人的屁股。

博斯科普苹果是不是比黄皮苹果更圆润？

一只肥肥的大猫，趴在地上，深棕色偏红棕色的厚厚毛发，琥珀色的眼睛，羽毛状的尾巴，从一簇绣球花中跑出来。简直是一头小狮子！带着丛林之王的神情，他穿过花园。

这破房子里唯一的男性，就是这只猫！让-皮埃尔！我倒想知道是谁给他取了这么一个蠢名字。

茱丽叶看着爬满紫藤萝的房子。

卡拉告诉我她彻底放弃了。放弃！多可怕！多沉重的词！为什么？她们疯了吗？她们是尼姑吗？我住进修道院了吗？我可能快要裹上修女头巾了……我还不怎么适合戴帽子……头巾比较适合我妈……高跟鞋也比较适合她……男人手掌里女人的脚真美……男人的手……男人的声音……一个没有男人笑声的房子……浴室里也没有男人的袜子！

四楼的窗户打开了，探出一只脑袋，灰色的头发，剪成男生的短发。

是个女人。当然。

手里拿着一只喷壶，她边浇花边和花们说话。她向下看，笑着和茱丽叶打了个招呼。是西蒙娜。

- 8 -

十年前，一个六月的晚上，西蒙娜·巴赞来到这栋楼里。她在书店遇到了女王。她们在园艺书架前聊起了日本兰花。舞蹈家喜欢侍弄花草的女人，她们一拍即合。

西蒙娜和女王讲述了自己在孚日山脉里的幸福童年。还是小宝宝的时候，她就会捉掉菜园里生菜上的鼻涕虫，兜着围裙收鸡蛋。很快，她就开始跟着父母，费尔南先生和玛丽沃娜太太，去田里忙活。冬天，放学之后，她帮着父母给牲口喂干草。农场里，生存不是问题，幸福简单又唾手可得。把脚放进冰冷的溪水里时，她和朋友们一起欢呼大叫。当她停止踩动自行车，感觉自己飘在虞美人花丛上时，耳朵里还听得到车轮发出的“喀嗒喀嗒”的声音。

在她的家乡，一座只有一千四百三十七人的小镇上，生活是充满规律的。所有人都认识所有人，晚上八点就睡了。挤奶可不是开玩笑的，每天早上五点就要起来干活。

二十三岁时，她第一次坐火车。一到巴黎东站，她就感觉炸了：遍地的流浪汉睡在硬纸板上，霓虹灯，出租车，垃圾，喇叭，穿着黑色衣服的人潮，地铁上、人行道上蚂蚁般密密麻麻的人群，二十四小时营业的电影院和咖啡厅。只有雨让她觉得熟悉。她想念树林的味道，想念空旷。但是，父母艰苦的生活不是她想要的。

在旅行者俱乐部餐厅端了几个月的咖啡和难吃的猪油火腿蛋糕之后，她遇到了一群乌拉圭人。她和他们坐在一起，聊他们的国家，看丘陵和平原的照片。晚上，她彻夜未眠。一个孚日姑娘并没有多少机会去看世界。她得到了一个蒙得维的亚的地址，这地址让她下定决心。她出发了，一个人，背着一只塞得满满的双肩包，在乌拉圭和阿根廷之间来来往往，在满是灰尘的老爷车和挤满乘客的火车上摇摇晃晃。她以农场劳动换取食宿，因为一片风景或一场相遇而暂作停留。她和那些大巴车上认识的人一起重塑了自己的世界。分别时他们交换地址，然后她把每一个都记在自己的小本子上。

这段远离法国的生活持续了五年半。她抱着此生最美的回忆回到了巴黎。他叫迭戈，是她亲爱的儿子。孩子的父亲是个高乔人，在一个她连续不断地干了好几个月的牧场里，她认识了他。那个高乔人负责驯服野马。西蒙娜负责种玉米和照顾母鸡。她喜爱大草原，也喜爱自己俊美的骑士。她相信这难以置信的三人生活，相信这份爱，因为这不同寻常的爱给了她对未来的无限信心。她相信自己已经组建了一个家庭。“爱是翅膀”，这是她乎日祖母告诉她的。“你会看到的，我的小宝贝，当人找到了自己的另一半，就什么都不再需要了。”六十年的婚姻让这些话听上去充满确信。

但是最终，故事的结局还是命中注定一样。她的结局落入那种可悲的俗套：九月的一个晚上，她比预计得早回家，发现自己的高乔人和一个年轻的英国女人躺在一起。她更美，身体比产后的她要纤细得多。小迭戈在隔壁房间的地板上玩着迷你小汽车。西蒙娜没有思考。她也没有哭。甚至没有大叫。没有闹。没有生气。什么都没有。只是沉默。一种错愕把她钉在地上。在回欧洲的飞机上，她把自己的注意力转到儿子身上，给他讲驯马牛仔的故事，小孩子听不太懂，但听得出神。

她西班牙语讲得很好，于是在旅游杂志社找到一份翻译的工作。从那以后，人生变成了过一天是一天，一步接着一步，就像小时候爬山的感觉。她再也不会被第一个出现的南美人诓骗了。随着时间的流逝，她选择不再假装。不再去适应不适合自己的事情。以其他方式幸福。

时光荏苒。迭戈吹灭二十三支蜡烛，是时候离开妈妈了。四楼的公寓空出来，她抓住机会搬了进来。她了解房东的规矩，也准备好遵守这些规矩。她知道自己不缺男人，不过离开迭戈自己独居还是让她有些伤心。突然，在这么多年的母子生活之后，没人听她讲述自己的一天，没人要吃她做的饭了。没人去宠，没人去爱。

渐渐地，她安置下来。安置在和女王的闲聊中，安置在如同自己孩子一般、生长的每一步都有她精心照料的印度大麻圃中，安置在客厅里散落的书中。正是这一时期让-皮埃尔闯入了她的生活。它让她越发坚定自己的决定。没有男人，没有爱情破裂的风险。她不需要忍受每两周与自己亲爱的小宠物分别一次的痛苦。

如今，五十九岁的她依旧在翻译着一些文章。高大的女人，站得稳稳的，穿着一条直筒裤，一件男士衬衫和曾是蓝色的篮球鞋。短发，素颜，马赛香皂的味道，眼角的鱼尾纹证明她爱笑。

总是会有猪油炒土豆、蓝莓挞或烤面包的香气从她虚掩的公寓门中窜出，好像在说：“进来，来揪一块法棍，撸一下让-皮埃尔，随便聊聊，感觉来了还可以抽根大麻烟卷。”

每个周四晚上，她会轮流成为各种角色。有时是圣母马利亚，给极左派秃头会计罗兰扮演的耶稣洗脚。有时是肯的老婆芭比，肯由政府职员雅克扮演，一个因为眼镜和兔牙而泯然众人的金发小个子。她发现了戏剧即兴创作的快乐。

- 9 -

周日。西蒙娜上到五楼，猫跟着她。她把头伸进罗萨莉微微打开的公寓门里。

罗萨莉·拉邦特……有些人的名字就是和性格特别搭。罗萨莉的脸上几乎就写了罗萨莉这个名字。

你会发现罗萨莉常常闭着眼睛，做着半月式或蝗虫式[1]。斯芬克斯、国王眼镜蛇或是奶牛嘴，这些能让西蒙娜发笑的东西，她都了解得一清二楚。她倒立就像别人站立一样悠然自得，她说倒立能让所有东西归位。特别是想法。

1　瑜伽体式。

罗萨莉是瑜伽老师。她每周给一些喜剧表演者、演员和街坊邻居们上课。但她把更多的时间花在专门照顾有困难的小孩的协会里。罗萨莉更喜欢把那些小孩描述为“好动、困扰、非常活跃”。她经常想到他们。特别是丽娜。这个七岁的小姑娘好像一个愤怒的大人一样，总是皱着眉头。“当人们生气或是伤心的时候，思想就会转变成跳动的马苏比拉米[1]。”罗萨莉温柔地告诉他们。她教自己小小的学生们慢慢呼吸。有时候他们会平静一些。

“你在干吗？”

罗萨莉转过身来。西蒙娜又一次暗想，她的皮肤很白，蓝眼睛大大的，长得很像一只漂亮的金色小鹿。一只怕冷的小鹿，重叠裹着橙色和红色两条巨大的披肩。

“什么也没干。”

“我可以和你一起什么也不干吗？”

“进来吧。我泡了茶。”

1　马苏比拉米（Marsupilami）是由安德烈·弗朗甘创作的漫画形象，它是一种黄底黑点的动物，长相似猴，有狗一样的耳朵。

“今天喝哪种？”

“千笑茶……依兰香，去皮的小橘子和生姜，再加上一点柠檬、香草和几片锦葵花瓣。棒呆了！”

西蒙娜滑进一张扶手椅，看向窗外。

“刮季风了！”

“没错，还是待在室内好。”

茱丽叶蓬乱的头发出现在门框中。

“我在找您呢。什么计划？”

“等天好。”

“‘大地慢吞吞，但牛有耐心。’[1]”西蒙娜说。

“你怎么挂着脸啊。”罗萨莉看着她。

“周日忧愁[2]。”

“我给你卷根烟吧，亲爱的？”西蒙娜问她。

“算了吧。我怕抽完更低落。你能放点音乐吗，罗萨莉？”

1　此处化用了谚语“牛长得慢，但大地有耐心”。

2　原文为英语：Sunday blues。

除了那种西藏音乐。

“我可以放点西藏音乐。”

“我来放吧……巴里·怀特好了，他的歌能让我们嗨起来。”

茱丽叶习惯于在这个或那个房间里度过每个周日的下午。这几天，她们一起在这几间公寓中的一间待着，等晚饭时间上去六楼女王家吃饭。有人做木工活，有人看书。有时候沉思，有时候打牌，有时候做果酱。

罗萨莉家里，一切都安静而疗愈。白墙，盆景，壁炉上排列的明信片。

“悉尼，婆罗洲，琅勃拉邦，”茱丽叶数着，“哎！这有张新的。”

“阿塔卡马的圣佩德罗。”罗萨莉喃喃道。

“海拔很高哎，有四千五百米！”

“还很远，四千公里！”

一个壁龛里，木质佛像笑着。佛像前面，一些花瓣，一支点燃的蜡烛，一些檀香。

“现在这佛像在说什么?”

“他在说:‘让该走的走了吧,迎接到来的。’”

让-皮埃尔窝在主人胸前,因为舒适而发出呼呼的声音,他似乎比电暖炉更受欢迎。

“让-皮埃尔,小点声,都听不到巴里·怀特啦。”

他竖起一只耳朵,脸在毛衣里埋得更深,呼得更大声了。

“猫的生活真简单。”茱丽叶叹了口气。

“我,我下辈子想变成让-皮埃尔。”西蒙娜附和道。

“那要先解开你的因缘。”罗萨莉小声说。

“说到因缘际会,你们有没有听到广播说新德里发生了五百公里的山体滑坡?”

“亲爱的,别担心,卡拉不在那边。”

“见鬼的一天[1]!”

“啊!你来啦,吉。来得正好,洗碗池堵了,你来帮我一下。”

---

1 原文为意大利语:Vita di merda。

“该死的[1]！我什么都没卖出去，回来的时候还把轮胎扎了。莫里斯，那个隔壁摊子卖大汤碗的家伙帮我修了车。”

“先喝点茶，”罗萨莉说，“放松一下。”

“你有红酒吗？”

“现在喝酒太早啦。我给你加一勺蜜？”

“根据爱因斯坦的说法，如果有一天蜜蜂从地球上消失了，人只能再活四年。”

“四年！那要珍惜每一分每一秒！”

茱丽叶用手机给她们录像。

“你会做什么呀，你，罗萨莉，如果你只有四年的时间，或者不到四年？”

“我要学驾驶飞机。”

“你呢，吉斯皮娜？”

“报仇！”

1　原文为意大利语：Porca miseria。

我可能错过了什么，我要让罗萨莉讲给我听。

她们坐着，捧着茶杯，被靠枕、软垫和沙发环绕。突然传来几声欢呼声。罗萨莉抬起眼睛看着天花板。

“她把自己一个人锁在上面，我有点担心。”

“她有时会去阳台上，看看天。”

“她不和任何人说话。”

“她对竹子说话……也和我们说话。”

“她让我心疼。”

“为什么？”

“我也不知道……可能是她看起来很脆弱？统治末期的女王！”

罗萨莉转向茱丽叶。

“你见到她的第一次，她和你讲了她‘一千个男人，一千次花火’那套吗？”

“她给我喝了水梨露，然后讲了些故事。”

“她只剩下这些了，回味从前的光辉岁月。”

“以前，她每次出现都像电影场景，完美。男人们心狂跳着，等着她赐予他们一次那种难得一见的美妙时刻。”

“现在，她成了大女人，立自己的规矩，态度坚决，但这是因为她不能忍受自己老去。她不愿承认自己身体的衰弱，因为身体就是她的本钱和王牌。她不想摘下面具，她在躲。”

“以至于不允许男人出现在这栋楼里？”茱丽叶问。

“她不想再见到男人，因为她不再能吸引他们了。她也不想看到女人们享受着她没办法再享受的东西。”

“她还很美啊。”

“医生和她说她得了多……风湿……关节……”

“类风湿性多发性关节病。”

“对，叫这个。那天，她从诊室出来，喝了杯咖啡，然后做了个决定：她的情人们从此以后只能成为回忆了。”

“她再也没离开自己的公寓。”

“渐渐地，她的关节都僵化了，腿也不像以前那样听话，手也变形了，然后疼痛也来了。她不想再搬家了。她只想和竹子一起住在云里。”

这样不会好起来的。要帮助她。我马上回来。

她们沉默着。罗萨莉又给大家倒了点茶，拿了些杏仁和椰枣。

“我们能一起住在这里还是很幸运的。”

“你们没给这栋楼取个名字吗？”茱丽叶问。

“取名字？”

“对呀，取个名字，就像海边的那些楼一样：海燕楼，无忧楼，轮回楼……”

“我们已经试过了。”

她们花了好几个周日埋在字典里，交流她们少女时期的习语和最喜欢的小说的名字。哪个都不合适。

“说到底，这是女王的房子，”茱丽叶说，“芭蕾名伶……高高在上的女王……”

“仙女……仙女屋。”吉斯皮娜试着说。

“仙，意味着极乐。仙女，我还挺喜欢的，”罗萨莉说，“西蒙娜……仙女屋？”

“不错。”

“茱丽叶？”

“我超爱。”

“吉？”

“当然喜欢！是我取的哎。”

算是吧。

“一致通过！”

“对了，各位亲爱的，楼梯间要翻修一下了。我们需要一个粉刷工。”罗萨莉说。

“粉刷女工！”吉斯皮娜纠正道。

“巴泰勒米先生那天在街上叫住我，为了告诉我电工这个词没有阴性形式，药师也没有。他又得意地补充说药师的阴性指的是药师的老婆。我没告诉他，在拉鲁斯字典里，女药师这个词已经存在十年了。”

“谁认识粉刷女工？”

“或者找一个退休的粉刷工。”

“为什么找退休的？为什么找老的？”茱丽叶叫道。

要一个年轻的，帅的，穿着背带裤和无袖大圆领T恤的，他会爬上梯子，散发出油漆的味道，也会散发出男人的味道。他会问我要什么颜色，而且把我那层的墙刷三遍。

“够了，茱丽叶！等你懂了，你也会放弃男人的。在那之前，如果你要留在这里，就要遵守规矩。”

“女王我懂，但你们……为什么你们要住在这个没有男人的楼里？”

“减肥的时候，就不能住在糖果店里啊！”

“所以这是一种减肥？”茱丽叶问。

“我们没有放弃爱情。”

“爱情很美，真正的爱情。”

“我们只是不想再抱持着找到真爱的妄想。”

“不想要每天坐过山车一样。”

“不想和情人们的纠缠。”

“不想试着把南极和北极凑在一起。”

“不想日常修补，不得不重复一千次把碎片粘在一起的动作。”

“不想在发现对方不是我以为的那个人时失去理智。”

“不想失去自我、扭曲自我，拔掉翅膀讨好男人。”

“不想为了爱抚和情话被骗。”

“不想变得可悲。”

“不想扔掉大脑被一段有毒的关系绑住。”

“在爱情里我们不能保护自己。”

“唯一的保护，就是不要爱情！”

她！们！疯！了！

“不能因为有人给你们下毒，你们就绝食抗议啊。”

“我不会绝食抗议，茱丽叶，”西蒙娜说，“我会选择换个菜单。”

“你们放弃得太快了。地球上还有三十亿男人呢。我不明白你们怎么这么固执。”

“没人懂。特别是男人，他们不能接受我们不需要他们的想法。‘没有男人的单身女子公寓’，他们不相信有这种地方。他们幻想我们是性冷淡，或者我们一百岁了，下巴上长毛。”

“我希望一百岁的时候，男人还想要我。”茱丽叶幻想着。

“如果所有的女人都能摆脱爱情，那就是大男子主义的末日！”吉斯皮娜宣告着，“停下！够了！[1]”

“但你们用什么代替爱情？”

什么都不能代替爱情！

她们三人都不说话了。她们好像都希望别人来回答这个问题。正当茱丽叶以为自己终于切中要害时，西蒙娜直直地看着她的眼睛。

“我们用其他东西代替的不是爱情。我们代替的是幻想、等待、颠簸、依赖、失望、夫妻心理疏导和空无，我们用美好的、触手可及的东西代替它们。这些东西不会风一刮、水一涨、春天一来就消失。”

茱丽叶又拿了一颗椰枣。

1　原文为意大利语：Finito！ Basta！

“你们用种菜和游泳代替爱情？”

“一个毋庸置疑的极乐世界！”

“一段没有男人的人生，是一段没有盐、没有糖、没有辣椒、没有蜂蜜的人生。就是这样，你们永远也不能改变这一点。”茱丽叶坚持道。

西蒙娜站起身，走到窗边，念叨着一些听不懂的句子。

“你在说什么，西蒙娜？”

“‘幸福是我们坐在地上晒着太阳一点点吃掉的小东西。’”

茱丽叶吃掉了最后一颗椰枣。她走向门，又回过身。

“有一天你们会后悔的。当你们老了，坐在壁炉边的拐角，却没有一只手可以搀着。”

- 10 -

罗萨莉机械地收着杯子。洗杯子，过水，再洗。她在想别的，想弗朗索瓦，想之前的生活。

他们什么都能做成。人人祝福他们，甚至艳羡他们。他们的名字永远连在一起，“罗萨莉和弗朗索瓦”，就像某个注册商标。他们是梦之队：创意总监和女商人。他设计广告，为了说服轻信的消费者他们的产品最好，她则把这些广告卖给痴迷于他们销售曲线的客人。他们不断赢得比赛、预算和市场份额。他们聊着策略、计划表、雄心壮志。他们就是成功和成就的化身。他们以同样的步伐前进着。

五年前，罗萨莉的人生天翻地覆。

那天，她坐在厨房里择四季豆。她听着亨利·萨尔瓦多，嘴角是幸福的笑容。妈妈给我唱的一首温柔的歌……歌词让她想起小时候的房间和晚上的惯例：一杯橙子花香的热牛奶，以及这首温柔地把她带入梦乡的摇篮曲。

弗朗索瓦悄悄走进来，大手放在妻子的肩上。罗萨莉的身体认出了这双手，让这双手的温热触碰自己。保护的手，温柔的手，爱抚的手，了解自己愉悦藏匿之处的手。

“我以后会给我们的孩子们唱这首歌。”她喃喃地说。

弗朗索瓦什么也没说。亨利·萨尔瓦多继续温柔地唱着。

“我们要生三个！”

突然，她几近尖叫。这尖叫从远处猛地冒出来。

“三个，或者四个，反正至少三个，芙罗拉，本杰明，阿里埃尔……”

弗朗索瓦的手渐渐握紧。她感觉到它们的压力压在她肩膀上，感觉他像一个愚蠢的小孩，为了留住一只小鸟而抓得太紧。她想站起来，但是那双手让她动弹不得。她紧张地笑，走开，在抽屉里找一把勺子，在柜子里拿一只玻璃杯，烧开冷水，好长时间。小口小口地喝。

他在洗碗池边走近，把她的头埋在颈子里。

“要不我们不去吃晚饭了，我们就两个人待着吧？我们去帐篷里。”

这天晚上她不想去帐篷里，她不想分享藏在被子里的秘密，她想打开所有的窗户。

“我有事情，下次吧。”

他走远了，她听到他用冰冷的声音讲电话。

“我们不能来了……我感冒了……下次吧。”

他待在公寓深处自己的办公室里，想象着自己被困在有孩子的人生里：早晨的谷物巧克力，一字排开的书包，壁炉上的相框里是穿连体运动衫、戴软帽、坐在秋千上的幼儿。他困在这些场景中。芙罗拉、本杰明、阿里埃尔坐在七座车的后排，她在副驾驶，怀着第四个孩子。这不是他想要的生活。至少不是现在。不要这么快。

罗萨莉洗了好几遍碟子、杯子、餐具。她从碗橱里拿出盘子，擦盘子的时候，那双巨大的不让她起身的手似乎又回来了，强力而纠缠。

她上床的时候，弗朗索瓦已经躺下了，闭着眼睛。她知道他没在睡。他不规律的呼吸因为叹气而一再中断。他们不走心地互道晚安。

噩梦让她惊醒。她在等待室。围绕着她的女人们一个接着一个消失在不同颜色的门后面。没有人来找她。等待室空了，她一个人，坐在房间中心，坐在一张儿童椅上。她圆圆的肚子大到惊人。

第二天早上，他们没有说话。只喝了咖啡，咖啡的味道很特别。那些日子里，禁锢她的双手的回忆在出人意料的时刻浮现：街上，电影院，超市。

三周后，弗朗索瓦离开了。

她最后一次见到他是在十月，他们相遇的月份。她知道那是个周日，因为教堂的三座大钟在他离开前敲响了。他们说好了那天下午要去布洛涅树林里跑步。他穿了什么？她皱着鼻子回想。他穿了灰色的圆领卫衣还是黑色的？她不太确定。于是她闭上眼睛，试着看清模糊的画面，回想他手握在门把上时说了什么。一会儿见？我会带面包回来？拜拜宝贝？我爱你？他走之前抱了她吗？他，那个知道自己将会离开的他。

她度过了焦虑的一天，到处找他。周一，她早上七点去了他们的事务所。那里和家一样，他都没有再回来过。

十二月，收到了第一张明信片。

“我做不到，原谅我。”她傻子一样读了十遍，试图找到一点他的痕迹，哪怕是一丁点。除了澳大利亚的邮票，什么都没有。她胸口的鼓疯狂地敲着。她一个人去了急诊。“罗萨莉和弗朗索瓦”的另一半不在她这里。医生们严肃地告诉她，她的心跳飙到了两百四十七。他们说着一种叫布弗雷的病[1]，说要切断一根线路防止复发。她，她知道自己的心突然进行了百米冲刺，试着抓住逃走的弗朗索瓦。如果要选一根线切断，那条线的名字不叫布弗雷。他们的节奏已经不同。

在医院时以及之后的恢复期中，她经常想到她婆婆传给她的美好习俗。

“不要忘记说：‘记得回家’，不要忘记往出门旅行的人脚上泼水。这是为了他们能够平安健康地回来。”

她经常泼水。但他离开的那个十月的周日，她没有。不为什么，他应该五分钟之后就回来。

心脏一恢复正常的节奏，旧日的罗萨莉就消失了。新的罗萨莉渴望着另一种人生。另一个节奏。忘掉弗朗索瓦。在别处重新开始。没有他。肩膀上没有他的双手。她给他们的双人组打叉，给他化身的完美爸爸打

1 一种常见的心脏疾病，由房室结内存在两条通路引起，常表现为阵发性突发性心动过速。

叉，给她曾经比什么都更渴望的事情：和他生的一大堆孩子打叉。

她看到了告示：迷人公寓，美丽的楼房，寻找一位女房客。于是，三十二岁的她住进了单身女子公寓。

她两手空空，几乎什么都没带来。她把等离子屏、平板、智能手机、邮箱丢掉，把“您可以随时与我联系”和“我五分钟之后打给您”丢掉，把所有的网络和联系丢掉。

楼里的女人们迎接她，赋予她另一种存在方式。附近有一个游泳池。她养成了每天早上去游泳的习惯。有人给她推荐了瑜伽。曾经和自己的决心一样坚硬的她变得柔软。卡拉把她带进冥想的世界。后来，罗萨莉想要传递自己学会的东西。渐渐地，她又开始微笑。

*

五年后，她喜欢在日本花园里安静地散步。曲径的完美弧度，钳子修建的灌木丛，木桥下流水的歌声，不同形状的黄杨丛，一切都让她平静，让她高兴。她想要用明信片以外的方式发现世界的每个角落，但她所有的曼陀罗都没能让她跨越对飞机的恐惧。每每想到单身女子公寓就在不远处，她都会感到心安。

- 11 -

吉斯皮娜歪歪斜斜地爬上熟悉的楼梯。边缘磨损而变得圆润的深色木头台阶，晴天这个时刻投射在灰墙上的光线，她都知道得一清二楚。在三楼的楼梯平台上，她遇到了让-皮埃尔。他对她喵呜了一声，转了半圈，然后跳到她前面一级台阶上。已经多少次，她为了在下雨的周日与姐妹们一起在沙发里窝上十分钟、分享一碗汤，而爬这段楼梯？她们把这称作“傻瓜友情”。

罗萨莉穿着一件粉色上衣和一条柔软的裤子，披着披肩，光着脚，盘着完美的莲花座，似乎生来就是做这个的。两只手搭在一起，掌心向上。她用眼神邀请自己的邻居坐在自己的对面。吉斯皮娜找不到一个舒服的姿势，东倒西歪，终于勉强找到平衡。让-皮埃尔早就舒适地趴好了自己的姿势，似乎在笑她笨拙。

每次看到吉斯皮娜跛脚或者疼痛，罗萨莉都会想到那次事故。那时在下雨。怀孕五个月的吉斯皮娜为了避开一个看也不看就过马路的女人而猛踩刹车。侧滑。女人毫发未损，吉斯皮娜却受伤了。除了肚子。人们发现她的时候，她已经失去意识，却用双手紧紧护着肚子。胯部的伤口给她留下了笨拙的步伐。医生说，她痊愈了。后遗症却留在了她的脑子里。她自己把这种步伐当作一种提醒。这样，她每走一步都会记得自己有多么幸运。她叫自己的女儿福尔图娜，“运气”的意思。从医院出来，她的丈夫、父亲和兄弟们带走了孩子，他们说她没能力照顾这个孩子，因为她是个早上五点就要出门工作，走路还歪歪斜斜的母亲！

吉斯皮娜和福尔图娜几乎说不上话。只有假期，她才能在西西里岛小姑娘的姑姑家见到她。前提是男人们同意。她从车祸里撑过来了。但没用！男人们比她的母爱更强力。

每年的四月十一号，福尔图娜的生日，她都会一瘸一拐地走上好几个小时，然后猛喝，把自己灌到筋疲力尽地睡着。她只有一张女儿的照片，藏在自己的床垫下面，有时候拿出来看看。不能太常看。

“你知道吗，思想就像昆虫。当你听到它们飞起来时，专注你的呼吸。你的身体里有一片绿洲，等着你去那里休息、平静。”罗萨莉对她说。

“我会试着提醒自己什么都不要想。”吉斯皮娜小声说。

“什么都不能取代日常练习，每天早上工作之前在地毯上练习一下。”

“早上五点[1]？”

1　原文为意大利语：Alle cinque del mattino。

“关好车窗，利用堵车的时间好好呼吸几下。”

“罗萨莉，我抽筋了！”

“专心在疼痛上。把放松的信号传递到痉挛的地方。”

“信息传送失败……邮递员罢工了！”

“好了，今天就到这里吧。”

吉斯皮娜勉强起身，犹豫地走了几步，停在一张照片前面。

“这是你结婚那天？”

头上戴着花冠，罗萨莉和弗朗索瓦笑着，光着脚站在草地上。

“是。”罗萨莉小声说。

“我永远都不会忘记我的新婚之夜！婚后的第一个晚上[1]……”

“你老公是个什么样的人？”

“典型的西西里人。毫无悬念！”

1　原文为意大利语：La prima notte di nozza。

在那个男人决定一切的家里，吉斯皮娜的丈夫是由提齐安诺、安杰洛和法比奥挑选，被爸爸马塞洛强制要求的："你就嫁给路易吉。"

他们不愿意让她再犯一遍表妹贝蒂娜同样的错误：家里人让她独自一人散步，结果给一个那不勒斯的废物骗走了。

她的爸爸让男人的父母来到家里，和他们定下日子，举办了一场盛大的派对，为了让所有人知道他有一个贞洁的女儿，还有人会娶她。

"路易吉帅吗？"

吉斯皮娜做了个鬼脸。

"又矮又胖，罗圈腿，肉嘴，大腿和屁股上有卷毛。"

罗萨莉想起了弗朗索瓦。从名字开始，她就喜欢。除此之外，还有他那双温柔的、爱抚的手，他胡椒柠檬味的香水，他的双肩，他的笑容……她喜欢弗朗索瓦的一切。

"我们婚礼的那天，"吉斯皮娜接着说，"路易吉所有的朋友都来了，有意大利人，也有西班牙人。所有人待在电视前，在庆祝大厅的一个角落里看足球。路易吉焦虑不安，站起来，转一圈，又坐下来。”

她看到这一幕觉得很感人，觉得原来新婚之前大男人也会脆弱。而他，其实只是在紧张地等待球赛结果。

“拍照和讲话的时候，切蛋糕之前，跳第一支舞的时候，宾客们都在问：‘你老公在哪儿呢？’”

“对啊，他能去哪儿？”

“他一直待在电视前。那天是一九九〇年七月三号，世界杯的半决赛，意大利对阿根廷。他那天忙着呢，新郎官！”

“我也是夏天结婚的，”罗萨莉接着说，陷入回忆，“六月二十三号。那天我们承诺彼此永不分离。”

“结婚派对之后，大家一走，我的新婚丈夫就脱下租来的西服裤子，从黑色卷毛堆里拿出他的尾巴。他就在电视前面把我上了，一边掠过我的头顶看比赛里错失良机的集锦。他大叫着：‘加油多多，加油！’多多是萨瓦多·斯基拉奇，巴勒莫的前锋。”

吉斯皮娜一动不动。

路易吉以为她喜欢。

“可那是你第一次吗？”

“我们那儿的女人一生只能有一个男人。电视上有性画面的时候，父母都会转台，让女孩子回自己房间里去。十八岁也这样！我先是结了婚，然后才能知道我将要过什么样的人生。见鬼的人生[1]！”

“然后呢，他变温柔了吗？”

“世界杯四年才一次，但他每天对我都一样。我不敢说什么，但我宁愿看苏奇洛在音乐节目上唱歌。”

罗萨莉记得自己的新婚之夜，如此特别，如此温柔，弗朗索瓦把一切都安排得刚刚好，包括让房间充满香气的桂皮蜡烛。罗萨莉最爱桂皮的香味，而他知道这点。

1　原文为意大利语：Vita di merda。

“哎，喝点茶吧吉，对你好。”

“别再让我喝茶了！茶不是万能的！”

罗萨莉对她笑笑。

“你不想喝茶，那我给你弄杯果汁吧：甜菜、苹果、柠檬、生姜。来厨房里。”

“我爸爸死的时候，我离开了路易吉。”罗萨莉压柠檬的时候，吉斯皮娜接着说。

“永别男人？”

“自由万岁！”

罗萨莉抬起头。

“你遇到其他人了吗？”

“很多人。都没结婚。不结！”

有个怪咖，会在扯掉她衬衫之前把裤子叠好放在椅子上。还有一个，有一箱子玩具，每个都想和她试一下。阴道球、遥控变速跳蛋、会发光还会唱《阳光下的周一》《情事》或者《与你调情》的镶钻震动按摩器。“你想从哪个开始？”他带着军队代表的严肃神情问道……

还有另一个人急切地希望一种柏拉图式的关系，觉得以她的年纪应该把店关了，希望她能够实现唤醒他沉睡多年的性欲的奇迹。他没有提前告诉她他的双重障碍：体力和真理！

“他们都一样。乱摸我的胸，流汗，喘气。持续好几个小时。我就大字平躺在床上等着一切结束。你呢罗萨莉，你想念这些吗？”

“我没有在想这个。好惊人，我们做完然后很快就不去想了。身体很平静。你呢吉？”

“不！我一点都不怀念大字形平躺。如果有人问我人生要不要重新来过，我会回答要，我要重新过我的一生。最好！没有男人的人生！”

*

吉斯皮娜开始给街区的商贩拍照。她喜欢一个人散步，用从一个女旧货商那里弄来的旧相机捕捉日常画面。现在，她在这栋公寓楼里找到了自己的位置。“这个大家都受了伤但能彼此安慰的家里”，她说。就像生活中姗姗来迟的温柔，她没怎么抵抗，就让自己深深陷入其中。

- 12 -

茱丽叶气喘吁吁地回到工作室。没有窗户的阴暗小窝里，纪念胶片电影年代的铝制圆盒子堆满了架子。一份《解放报》旧刊摊在扶手椅上。封面上写着“最后一眼”，配了一张保罗·纽曼的完美黑白肖像。即使茱丽叶在这里时总是只盯着屏幕，她也喜欢身边布满熟悉的老东西。

某个之前住在这间公寓里的莎士比亚爱好者在墙上写着：“黑夜，是白昼不够长的证据。”茱丽叶常常昼夜不觉。被各种镜头吸引的她赋予这些画面一种节奏、一种浓度、一种意图。她不知疲倦地用不同方法拼剪着，决定每个镜头从哪里开始，从哪里结束，持续二十四秒左右。今天，是一个男人和女人，面对面。他把她揽在怀里。茱丽叶发现自己无法切断这个镜头。在自己的公寓里，她对情感有着强大的掌控权。在生命中却不是这样。

一个魁梧的棕发小个子从半开的门中探进脑袋。马克斯！茱丽叶粉丝俱乐部主席，灵魂伴侣，他一个人就是她的全部家人，也是隔壁工作室的剪辑师。他发现她正在叹息，手凝固在鼠标上。停在缠绵情侣的画面上。

“你，爱情对你来说就和面包一样！”

茱丽叶噘着嘴表示同意。马克斯认出她包里露出来的书是《犹太教入门》。她经常会读上几段，希望从中找到一种共鸣、一些联结、一条思路：安息日、祝福语、犹太新年……这样，她看《真的不骗你》[1]的时候就不会太懵。这部电影她看了七遍。有时候她会不自觉地对自己提出好多问题。

---

1 1997年的法国电影，原名为《*La Vérité si je mens*》。

“你在回顾吗？”

“不要嘲笑我。我已经都和你讲过了，我感觉自己属于他们这个族群。尽管唯一一个宣称（她从未体会过的）母性本能并非自然产生的犹太妈妈就是我自己的妈妈。”

“这些犹太妈妈真让人筋疲力尽。”

“我的妈妈不让人筋疲力尽，她只是不存在。或许如果我是男孩子，一切都会不同。”

“她应该和其他犹太妈妈进行儿子竞赛。”

“有一个占据我生活的妈妈，塞饱我，每天给我打三次电话的妈妈，我会很幸福的。叹气的妈妈，担忧的妈妈，让人有犯罪感的妈妈，大声叫着‘喂！哎！’然后向优质犹太男孩吹嘘我的优点。其实我挺喜欢别人叫我以斯帖或拉切而不是茱丽叶的，因为‘茱丽叶’是民事登记的工作人员在日历上随便选的。我也挺希望自己有一个很远就能被认出来的鼻子，作为我属于这个大家庭的无可辩驳的证明。”

“对，但是你姓卡赞。跟《伊甸之东》导演一个姓……”

茱丽叶打断了他。

“这也不能让詹姆斯·迪恩投入我的怀抱！而陷入爱情的茱丽叶们命途多舛。目光所及之处都没有罗密欧。我人生的电影是《张扬的败者编年史》。”

“我喜欢你的细致。”

家庭，对茱丽叶来说是一个微妙的话题。马克斯知道。一次可怕的方向性错误让茱丽叶出生在这个家庭中。她的父母总是越过她的头顶看着彼此。一个没有支撑的独特女孩。他们家的虐待有一种特别的形式，专门否定她的存在。针对他们孩子的犹太否定主义！马克斯知道这一空白在茱丽叶心中所占的巨大空间，他总是很惊讶茱丽叶依然活着，惊讶她所具有的生命力，她的自嘲，惊讶她笑对这一切。他很喜欢这个没有血缘的小妹妹。他不明白两个变态的魔鬼组合如何生出如此美好的一号人物。为什么这些人要生孩子？

她的爸爸把她视作一项计划，一件物品。结果和他们的希望不同。看起来不怎么样。与期待不符。他想要重塑她，让她格式化。她每瘦一公斤，他就会给她钱，逼她穿红衣服，决定她要交什么样的朋友，强迫她学什么、玩什么、想什么。然后，因为这个面团抗议他的塑形，他便失去了兴趣。他会说“真令人失望”，“不值得，不讨喜”。她妈妈一切都听从这个男人：她就是满足他欲望的机器。这件事情占据了她的人生。她就是自己丈夫的发烧友，阿谀、引诱、奉承，精心练习自己的杀手锏为了讨他开心，这就是她每天在做的事情。“在和你爸爸的融合中，没有空间留给外人，”某一天茱丽叶鼓起勇气问母亲的时候，她这样回答自己的女儿，“他不在的时候，我就会迷失。他是我唯一的亲人。”

从此，茱丽叶什么都没再问过了。

于是，马克斯守着茱丽叶，不计代价地付出，消沉的时候想方设法让她开心。他看了茱丽叶一眼，然后问自己，会不会有一天，蓝颜知己的故事可以成为一段伟大的爱情。答案是否定的。而且他们两人都知道正是这样他们的友情才能持续，才能永远持续。

“你工作好像不是很专心。”他说。

“没错，我还是去做那些经典集锦吧。我还没有挑选完。”

“我没什么事，要我帮你吗？”

“好啊，你在我可以平静一些。”

“你弄到哪里了？”

“《走出非洲》，他在大草原中央，边给她洗头发，边朗诵诗。她笑出来的那一刻，头上满是泡沫。”

“也要剪一些男人一点的电影好不好。”

茱丽叶什么都没说。

马克斯模仿起《沉默的羔羊》里汉尼拔的声音。

“我被一个人口统计调查员盘问……我品尝了他的肝，配了点黄油蚕豆和西昂第葡萄酒。”

茱丽叶笑了。

“你学得真像。”

“不要忘了他舔嘴唇时嘴巴发出的声音。”

“但是我不想吃人。我想要爱情和罗曼蒂克。既然是我在选镜头，我就趁机多选一点。”

“把你的十佳片段剪进去！”

“《廊桥遗梦》，弗朗西斯卡将手放在门把手上，要做不可能的选择……”

茱丽叶停了一下，惊心布置一个悬念，好像马克斯没看过这部电影一样。罗伯特觉得弗朗西斯卡会去见他。他们的车并肩排着，停在红灯前，倾盆大雨中……她在犹豫……她在发抖……她的手放下了……她做出了选择！

“下次你和男人吃饭的时候，不要把手放在桌子下面，他可能会偷捏。”

“先找到觉得我可爱的男人再说吧。三十一岁，我经历的失败计划、错误起点、幻觉的次数都能记入吉尼斯世界纪录了……”

茱丽叶想起了女王，“一千个男人……一千次花火”。

她，她想要平衡、宁静、温柔，和同一个人。每次相遇，她都以为就是他。一句话说，就是她立刻拟定了人生计划：“你很厉害，人们会迅速而疯狂地爱上你”，“我被倾倒了”……然后，嚇！茱丽叶在《草原小屋》里看到了自己。她喜欢故事的开头，心跳、晕眩，奔驰的纯种马马鬃随风飘扬。幻想一时填补了她深海般的空虚。一双臂膀让她忘记她母亲从来没有拥抱过自己。一个完整的家庭，里面有个过渡期的男人。

“你总是遇上些奇葩！哎！去年夏天带你去海边的那个强迫症……再跟我讲讲细节。”

“还要讲！”

“求你了……我还想听。”

茱丽叶站起来重现场景。

“背景我就不讲了，你知道的……”

*

他打开车库，从里面拿出汽油桶，装满不烫也不凉的水，这样两小时后，我们从海里出来的时候，这些水的温度刚好用来冲凉。四个二十五升的桶。两个人，一百升水。我虽然胖了不过一百升也够了。

他收好躺椅、阳伞、冰桶、铲子、耙子、墨镜、阅读镜、开车镜。擦身体的浴巾、擦脸的毛巾、铺在沙滩上的浴巾。防晒品。八级防晒霜，二十级防晒霜，防晒液。

“你们要在沙滩上待一个星期？”

“只待三个小时！”

他在找那双可以让脚不碰到沙子的拖鞋。不在一号小木屋里，不在二号，不在三号，不在作坊里，不在车库，不在工具棚。拖鞋和地毯。不要有沙子，身上地中海的痕迹越少越好。这是他最在乎的。

我，我三秒之内就把所有东西扔到我的编织草包里了，我等了他一个小时。

“就这一次你起早了。”他说。

出发前他稍微清洗了一下。洗的是三块抹布。虽然还有十块干净的等着我们用，但还是要把这三块洗掉，以免我们回来的时候不够用。要等洗衣机停下来才能出门，因为有时候洗衣机会心血来潮，在洗到一半的时候停下来。

把东西装上车，终于……他负责装车。以某种秩序。毛巾浴巾，防晒霜，拖鞋，长椅，阳伞，地毯，冰桶，铲子，耙子，在后面；四个汽油桶在前面。他担心地看着后备厢。他不满意。他清空后备厢。东西一件件排列在地上。重来。桶在后面，阳伞，地毯，长椅，冰桶，铲子，耙子，毛巾浴巾，防晒霜，拖鞋在前面。

他大颗流着汗。他说他要在出发前冲一下。十五分钟，一下。

那天四十度，但他用电吹风吹体毛，还开了慢速模式。耳毛，胡子，胸毛，耻毛。

“屁股上的也吹了？”

“也吹了！”

……他关上小木屋的门，中木屋的门，大木屋的门，工具棚的，车库的，作坊的。手上一串钥匙，一把，两把，三把，四把，五把，六把。

他把水倒进车窗喷水器。确认油量，轮胎压力。

“到海滩有六百公里？”

“开三十分钟！”

他担忧地看了一眼自己的四周，确认什么都没忘记。

他调好导航，撞车雷达，iPhone 和 iPod 充上电，电台调到交通台，装好 CD。

“你在添油加醋吧？”

“一点都没！我讲的还是简略版本！”

出发了。算是吧。在加油站停下。确认价格。太贵了。找另一个。价格一样贵，但泵是空的。再出发，有点烦了。特别是我！回到第一个加油站。他加满油。一百升。

到了。中午十二点了。他在满满当当的停车场里找最好的位子，远离可能会碰到自己车子的车门。绕了三圈。没找到。剩下的空位不理想。又绕了两圈。一个位子空出来了。幸好！

他穿上防沙拖鞋。我不穿。我等了一整年，就等着这一刻终于可以光着脚，幸福地把脚趾埋进沙子里。对他来说，沙滩和大海都是敌人。

“你看起来不开心，”他疲惫地说，“我提醒你，我们来海边，是因为你要来的。”

要把四个汽油桶、阳伞、地毯、铲子、耙子、冰桶、躺椅、毛巾浴巾、防晒霜、墨镜拎过来。好几趟。我祈祷着不要碰到认识的人。

他用耙子把沙滩弄平，在旁边挖了个一米深的洞插阳伞。第一把直着，第二把斜着。摊开地毯。很慢，以免把沙子弄到身上。以能看到车子的角度放好躺椅。所以背对着大海。

“你把我阅读镜连盒子一起放包里了吗？”

“没。”

“我就让你做这一件事……你都做不到。”

“对不起，老爷。”

我们后面有租躺椅和阳伞的地方，三个饮料摊，两个淋浴器！

*

马克斯笑翻了。茱丽叶没笑。

“你知道最糟的是什么？他从来没有一秒对自己说‘多傻啊！’而我，也没有一秒对自己说‘好好的假期，我和这疯子在这干吗呢？’”

“一开始，他总有些什么吸引你吧？”

“他会说‘我们’。”

听着这么天真的回答，马克斯抬起眼睛看向天空。

“你找的地方不对，我已经跟你说过了。现在，真爱都在网上。”

“那他藏得可真好，我的真爱。如果他能给我个信号就好了，因为现在……”

是马克斯让她注册的。

“我的茱，大家都在网上认识、相爱、结婚……”

“如果我遇到心理变态呢？”

“当然，什么事情都有风险。”

这样说的人都站在一边，看着你跳进一场空。他们自己从来不会去。

他把她带去各种派对。没结果。她试过哲学下午茶、多语言餐桌、英语口语电影俱乐部，甚至还有家庭修理课程。她既没有遇到裘德洛，也没有遇到杜雅尔丹、阿尔·帕西诺或者丹尼·德维托。所以，几周之前，她跨出了那一步。马克斯给她取了个昵称。

“刁蛮公主”。这有点过了吧，马克斯！

为什么大家不能以我本来的名字爱上我呢？

她在网站上逛了一夜没睡。她想象着一个怪异的动物，因为缺乏睡眠和她一样烦恼，在凌晨两点踱着小步子。平淡的穿着，小胡子，发青的黑眼圈。被电脑屏幕吸引住的两人，在夜里组成了一个又热又亮的泡。孩子们在圣诞橱窗前，他们大步走在灵魂伴侣超市走道里，找寻罕见的宝物，赋予生命意义。友善的，凶狠的，骗子，游手好闲的，绝望的，看破红尘的：所有人都想成为某人的某人。温柔的光线中许许多多的人。心和心轻擦。小时刻。小悸动。她没有抗拒。

“要坚持。”马克斯建议说。

“我不喜欢在超市里闲逛，把男人放到购物篮里，点‘地区产品’‘文身男大批到货’‘清库存’或是‘重新上架’那些图标。我不喜欢频道换来换去，不喜欢试镜挑选演员。我，我喜欢保尔·艾吕雅和弗兰克·西纳特拉，优雅而和谐。面对男人，我没有什么新潮的标准。如果浪漫变得过时，我就完蛋了！”

他们笑了。茱丽叶喜欢和马克斯一起工作，和他一起喝杯咖啡放松一下。时间总是在不经意间就过去了。

她给他看自己最喜欢的镜头。

“我也选了这个。”

“这是九十年代的。”

“对，但画面很强烈。”

屏幕上，阿尔·帕西诺用眼神吞掉米歇尔·菲弗，然后在花市中拥吻她[1]。

然后，突然：

“已经很久没有人碰我了。”

“心中的呐喊！”

“我想得太多了，不太好。”

马克斯站起来。

“来这里，我的小斑鸠。”

他用壮实的手臂抱住她。

“呼！真好。”茱丽叶叹了口气。

“美国有种拥抱俱乐部。大家坚定地把陌生人抱在怀里，然后说‘我非常爱你’。”

“伍德斯托克，回归！只差大草地和花衬衫了。”

马克斯横躺在扶手椅上，腿放在扶手上。

---

1 出自美国电影《现代爱情故事》(1991)。

“我受够了晚上一个人躺在枕头上。班纳巴尔应该按我的人生写首歌。我要爱爱爱爱情情情情……”

“相信你的幸运星。”

“我的幸运星已经过了一整年的安息日了。”

“那安息年快要结束了。你下次约会是什么时候呢？”

- 13 -

通常，晚八点新闻的时候他都会在。西蒙娜在楼梯间里叫他。电影片尾字幕出现的时候，她开始担心了。她一直都在电视前面，但什么都没看进去，因为让-皮埃尔占据了她的脑袋，而没有趴在她的膝盖上。二十三点的时候，他还没回来。她回到楼梯平台上，踮着脚尖下楼，去看地下室的门有没有关好。没关好。她犹豫了。很迟了，她不想叫醒其他人。吉斯皮娜黎明就要起床，女王睡眠也很浅。他一定会回来的。

她留着公寓门半开，在一只漂亮的盘子上精心摆放自己准备好的晚餐：半熟三文鱼佐西兰花。一会儿他回来的时候一定很饿，她想。

她睡了。没有让-皮埃尔温暖皮毛的一晚，没有他的重量压在自己身上，从来没有这样过。她坐在自己的床上，仔细留意楼道里有没有爪子的声音，有没有露出一点点胡子或者毛茸茸的尾巴。一点点咔嚓声，她都觉得是他来了。他会猛地一下跳到她身上，轻轻地咬她的脚趾，用粗糙的舌头舔她，要她摸摸，转过来，转过去，开心地趴下来，迷人又自信。她诅咒让雄性悸动的充满香味的日子。她想象着他在其他女人怀里发出呼呼声，终于在黎明时分睡着几分钟。然后猛地醒过来，筋疲力尽。她拍拍羽绒枕。不在！

这下，她得告诉所有人了。她不知道从哪儿说起。她给整栋楼都发了信息："让-皮埃尔失踪了！"

罗萨莉第一个从公寓里出来，打着哈欠。

"让-皮埃尔，让-皮埃尔……"

三楼，茱丽叶打开房门。她的声音和罗萨莉混在一起。

“让——皮埃尔——……”

“有人去洗衣间里看了吗？”吉斯皮娜在二楼叫道。

“怎么了？”

她们走向楼梯间，抬头看天。女王，威严地站着，披着缎纹晨袍，穿着丝绒拖鞋，俯瞰着她们。

“让-皮埃尔昨晚没回来。”

“我在家里等你们。”

于是，早上六点，绒布睡衣、Hello Kitty T 恤、粉色长睡衣和小花轻薄短睡衣毫不犹豫地爬上六楼。

“我来泡茶，”罗萨莉说，“让你们平静一下。”

“罗萨莉，茶不能让他回来！你没有别的办法吗？”

“用钉子挂一把张开的剪刀。”

“已经挂好了，他不在乎。”

“把一块抹布系在椅子腿上，你试过了吗？[1]”

“这个我不相信。”

---

1 挂一把张开的剪刀、把抹布系在椅子腿上，这些都是摩洛哥的民间迷信。

“但钥匙就是这么找回来的呀。动物我倒是没试过。”

“他从来不在外面过夜，他总是和我睡，他不会朝三暮四。简直疯了，男人和猫都让我们束手无策，把我们拴住，”西蒙娜说，“我太依赖他了。”

“我们都很爱他，让-皮埃尔。”

“我用奶瓶喂他，”西蒙娜接着说，“他对我喵着说‘照顾我’。我给他做了一个小热水袋。我给他我的马海毛卫衣。我晚上看着他。我承认，我还给他唱摇篮曲。我知道，这很荒唐。我记得尼柯拉和莫妮克问我：‘你不想要一只小猫吗？’我回答：‘猫？不要！’她们坚持要给我。我一看到它发光的脸，发出黄铜色光芒的琥珀眼睛，眼睛边眼线一样的黑色线条，自在的样子，肚子上蓬松的皮毛，温柔的目光……”

西蒙娜停不下来。她的不安打动了所有人。

“你们看绣球花丛了吗？有时候他会藏在里面。”

“茱丽叶，没有宠物寻回网站吗？喵雅虎之类的？”

我只知道约会网站。快停下来茱丽叶！现在不是想这个的时候。

“他肯定是找到别的主人了。”西蒙娜抱怨着。

“要把他的小橄榄切掉。”吉斯皮娜有些生气。

“让-皮埃尔，绝育？永远不！”

“点支蜡烛吧，”罗萨莉建议，“可以让人平静一点。”

“我已经晕头转向了。”

“我们可以带着它的照片去找算命师。”

“别说了。听。”茱丽叶说。

她打开玻璃门。

“来看。”巴特勒米先生在窗口叫我们。

“哦哎，姑娘们。有人在找你们。”

“让-皮埃尔？”

“让-皮埃尔！”

“是让-皮埃尔。”

“谁是让-皮埃尔？我在说你们的猫。”

西蒙娜大叫。

“亲爱的！”

她丢下杯子，不去理会洒在女王打过蜡的地板上的茶水，穿过公寓，飞奔下五层楼，罗萨莉、吉斯皮娜和茱丽叶冲到阳台上，为了在前排观看西蒙娜的英姿，只见她飞过院子，穿过栅栏，穿过巷子，睡袍随风飘，走进巴特勒米先生家，然后重新走出来，把自己的战利品紧紧抱在胸口，看上去很累却又洋溢着胜利者的幸福，好像刚刚赢得了奥林匹克四百米跨栏的决赛。她亲了他十五下，然后抬起头，对她动容的同伴们叫道：

“爱情中最棒的，就是重逢。我就知道他是忠诚的，这个小情人！”

- 14 -

好天气来了。西蒙娜决定把冬天的衣服放到地下室里，把夏天的拿上来。让-皮埃尔在她双腿间穿梭，打翻没摆稳的纸箱，旧旧的方跟鞋掉出来，鞋底因为无止境的舞蹈而磨损。她最后一次穿这双鞋还是十年前……

那个时候她住在阿莱西亚街，巴黎的另一头。从阿根廷回来以后她就很渴望跳舞。她找到一个有意思的课，穿上黑色长裤，紧身上装，去跳莎莎吧！

老师叫卡洛斯。几晚之后，她就买了一双新鞋，鞋跟更高，黑色漆光，带一条漂亮的绣花带。她，通常完全不在意这些东西。突然想要化妆，变得美美的，然后在卡洛斯的眼中看到惊讶的光芒。她穿了一条低胸红裙，背上扣着十七颗小扣子，耳后和手腕抹上几滴白丁香香水。她感受到了春天。

通常，她都和其他学生跳舞。有时候男人不够，就和女人跳。她从这双手换到那双手：温热的，干燥的，紧抓不放的，热的，冷的。从一个有意识地嚼着口香糖的人换到另一个大量出汗的人。她试着避开笨手笨脚的会踩到她脚的人。

这是第一次由卡洛斯领着她。他不太高，眼睛沉溺在西蒙娜的眼睛中。蓬乱的深色头发下，是深沉而热烈的眼神，方下颚，肉肉的嘴唇。他穿着白衬衫，衬衫上少一颗扣子，还穿着过紧的黑色长裤，斗牛士一样的臀部上质量一般的布料紧绷。

他对学生们说：

“基本步……摆臀……膝盖软一点……男生前进女生后退……曼博步……踢……如果你们今天不开心，把痛苦藏在笑容后面。一二三……换舞伴……换。”

他抓住她，紧贴着自己。

“你，你留在这儿。”

“前，后，侧边……不要松开舞伴的手，美国佬，你的舞伴可是个公主！”

他的西班牙口音让西蒙娜忍俊不禁。

他把西蒙娜抱得更紧了。他的皮肤散发出一种黑烟叶和辛香香水的混合味道。

“不用说话……身体表达一切。”他低声补充道。

卡洛斯和音乐之间好像有一种秘密的约定，他以一种动物的优雅在木地板上舞动，双脚下似乎有弹簧一样。他抱着西蒙娜，闭上眼睛。那晚，天非常热，而她身体的温度又再上升了好几度。她的胸口在燃烧。一条小河从她胸间流过。他对她的耳朵悄悄说：

“跳舞的时候，脑袋要空空。让自己放松，舞女。”

她集中精神，试着跟上他，不要跌倒。但小河让她分神。

课后，学生们鼓掌，四散离开。

“下周四见。”

卡洛斯什么都没说就搂着西蒙娜的腰，把她带到楼梯间，领着她穿过小街小巷，来到附近的一间迷你酒吧里。半明半暗间，他们坐在不稳的高脚凳上，小口喝着彩色的鸡尾酒。他为她点了一杯莫吉托（mojito），她瞬间就喝完了。青柠的酸味让她打颤。她只记得“哦吉托”（ojito）的意思是“亲爱的”。

“今晚，我只想和你跳。”

“我的双脚自己跳起来了。”

“我想更了解你，了解你是什么样的人。”

“我喝多了。我该回去了。”

他靠近，用指节抚摸她的颈子，只摸凹陷的地方。她感觉身下的高脚椅消失了。

“我陪你回去。靠在我身上。”

她住得不远。短短的路途上，他们安静地待着。在电梯里，他站在她对面。她怯场了。她思考着他在想什么。他可能觉得她每周都这样，觉得她是个专家。他靠着镜子，一直看着她。开场白前的开场白，他找寻她，抓稳她。她不习惯封闭空间里如此靠近，不习惯读到别人眼中赤裸裸的欲望的放肆。他靠近。她感觉到他的气息拂过她的脸颊。他黑色发光的眼睛在笑。电梯停下了。她找钥匙来赢取一些时间。公寓门一打开，他就把她拖进过道，一只手紧紧地抓着她。另一只手推着厨房的门、客厅的门、浴室的门，直到找到卧室的门。他打了个喷嚏。

“总是这样，我激动的时候就容易打喷嚏。”

他把她拽向自己，她让自己扑到他强力的肩膀上。贴在一起的两个人缓慢地跳了一支莎莎舞。他们呼吸，嗅着彼此，他们的磁场都处于躁动不安中。她感觉到他的下体变硬，抵着自己的肚子。她因为自己激起的这一瞬间而感觉心绪不宁。

他窃窃私语。

“性是即兴发挥……每一次都跳一支不同的舞。”

她闭上双眼。卡洛斯慢慢地褪去她的衣服，一颗扣子，另一颗扣子。一共十七颗。他温柔地探索着肩膀，一根手指滑到浅口胸衣的肩带下。她因为穿了这件内衣而脸红，如此精致好像是有所预谋。他轻柔地拉下肩带，轻抚一颗立起来的乳头，另一颗，在两端之间来来回回。西蒙娜一动不动，任凭他动作。一道波在她的胸口散开，直到她欲望的震心。红色长裙滑落到地上。花边内裤也掉在地上。她一丝不挂，面对这个男人，面对一个将第一次把自己交给他的陌生人。她告诉自己，他看到了自己因为多年的痛苦和劳累而变得宽大的胯部、她很久都没有练到的大腿和腹部。她既想要，又恐惧。既想要，又为不完美的身体而羞愧。她关了灯。卡洛斯的双手继续探索她的身体。他把双手轻轻地放在她的肚子上。她像一颗成熟的水果，沉醉在年轻男人的抚摸里。

“你太美了，我的爱[1]。”

---

1 原文为西班牙语：mi amor.

他把她放在凉爽的镂空白棉被单上，以自己的节奏、以一条不可见的路线，参观她的曲线和身体凹陷。西蒙娜从来没有感受过如此肉欲的爱抚。卡洛斯的双手下，她的短发成了丝绸被。卡洛斯将半张的嘴凑在她的嘴上，他们呼吸着同一口气息。她喜欢这样重新感受莫吉托的味道。他和她的舌尖玩耍，耍她的嘴唇。轻轻地。力度刚好，让她迫不及待希望再来一次。他们闭着眼睛阅读对方的身体。他们的鸡皮疙瘩讨彼此开心。他们的香水混合在一起：黑烟叶，辛香香水，马赛香皂和白丁香。他不急不忙地驯服她，他有一生的时间，他很慷慨。她感觉自己很美，她放任自己。他们拥吻，点燃彼此。

西蒙娜如此长时间以来坚持的决心崩塌了，她的保护层跌落。她再也不是孚日的那个小村姑了，不是迭戈的妈妈，不是被背叛的妻子。她是卡洛斯的欲望。她忘记了自己的幻灭，自己的年龄。没有克制，她把自己的嘴贴在他的皮肤上，贪婪地抱着他。温热的、潮湿的、香甜的皮肤。爱抚更细致了。卡洛斯的手是专家，灵活的行家。他引导着西蒙娜的手。她因为害怕而打颤。她喜欢这种颤栗。混合的喘气、呼吸，不耐心的身体，急切的要求，拱起的骨盆。她让他得到自己，感觉自己像一朵花一样绽放，把自己交给快感。他进入她的身体，强力地、征服地，他在自己擅长的领域，放慢速度，来来回回，缓慢地，温柔地。他的髋骨上下起伏，即兴编了一段新的舞，他对她的耳蜗喃喃着一些西班牙词，作为给他动作打节拍的伴奏。西蒙娜在黑暗中看到了一千种颜色。她挂在斗牛士的臀上，让他把自己带走，远离房间，远离巴黎和阿根廷。

黎明时分，他把她叫醒。好几年来，她都一个人睡，而今天，有一个裸体男人的下半身贴着她的背。他静静地翻到她身上。默契。无需言语。乳白的皮肤和深色的皮肤，辛香和丁香。再没有年龄，联结、合一、灵魂伴侣，融合在一起，他们成为一体。同一晚好几次享乐，她从来没有经历过。“身体不会说谎。”她抱着他重新入睡的时候小声说。

西蒙娜先醒来，她踮着脚尖走路为了不吵醒自己的情人。当她准备他们的早餐时，知道他在房间里，她就觉得开心。到厨房的时候，她注意到墙漆剥落，脑中闪过一丝应该处理一下的念头。这天早上，她的心思在别的地方。并不常有男人让她去宠。她揭开前一晚烤好的面包上盖着的布，把面包切成几片。外面酥脆，里面柔软，完美面包的样子。她打开一罐果酱，在架子上选出名为“幸会早晨”的香柠檬茶，整理花瓶里的花，点燃一支蜡烛，在篮子里排列好水果，让颜色的搭配显得和谐，把收音机调到古典音乐频道。

“这一时段的最后，让我们来听舒伯特的《C大调幻想曲》。”

她不知道这首曲子，其实也不太知道舒伯特，但在她看来，这首曲子似乎非常适合作为充满爱意的一天的开始。她的身体有些痛，但这种痛如此温柔。她想到了

"红裙效应"[1]。她笑了。

卡洛斯迈着坚定的步子走进厨房，从她面前经过，机器人一样走向收音机，在小提琴拉到一半的时候关掉舒伯特，直直地坐在椅子上。他看起来比前一晚更高了。听不到他嘴里蹦出一个词。听不到他鼻孔里呼出一口气。他专注极了，视线集中，全神贯注地准备早餐。面包片按在木板上，右手握着金属刀，毫不犹豫地切着面包边，咔嚓咔嚓咔嚓咔嚓。小刀插进黄油罐。仔细而规律的动作。前后抹，前后抹。勺子埋进果酱罐里——桑葚果酱，自制的。以毫米计算牛奶的高度。把糖敲成两半的动作生硬、熟练、臻于完美，似乎练习多年。转动勺子，放下勺子。他喝了一口茶，咬掉吐司的一个角，然后第二个，第三个，第四个，顺时针方向旋转。喝一口茶，吃一口。吐司转了五圈，茶喝了二十口。没有友善的笑容，没有对昨夜的反馈，没有眨一下眼睛。只有大牙咀嚼吐

1 科学研究发现，男性普遍认为身穿红色衣服的女性的性开放程度更高，相应地，男性对红衣女性的欲望也更高。

司的声音和茶流进肚子的声音刺穿沉默。

他站起来，拍拍西蒙娜的屁股，去拿门厅里的外套，然后远远地给她一个两根手指的飞吻。

“你是个非常不错的学生。再见宝贝！”

西蒙娜没有动。

她看着果酱罐，丢掉的面包边，花瓶里的花，他没有动的水果，燃烧的蜡烛，安静的收音机。她绕了桌子一圈，把椅子放回原处，吹灭蜡烛，梦游者般走向房间，注视着凌乱的床，掀开被子，把鼻子埋进卡洛斯的枕头里，嚎啕大哭。这些泪水包含了太多。那些她没有在阿根廷哭出来的。那些她没有在这么多年的孤独中哭出来的。她觉得自己被挖空，被羞辱，悲伤到炸裂，她为自己的天真而如此憎恨自己。他对她说“我的爱”，她就以为他真的爱她。她去处理洗衣机里那包内衣。怒气冲冲地把旋钮旋转九十度，然后用全身的力气摔上洗衣机的门。

她回到厨房里，给自己倒了杯茶。但当她微微抬起装满“幸会早晨”的茶杯时，她又放下了，站起身，打开橱柜，抓出一瓶黄香李酒，给自己倒了一满杯，一口闷掉。

西蒙娜弄错了男人。她不是什么卡洛斯的老婆。适合她的男人应该完全不同。

一米八，注重衣着打扮，蓄胡子的棕熊，巨大的爪子，左眉上有美人痣，她为这殷勤的低语者倾倒。他会进厨房，鼻子上架着茶色细框眼镜，手里夹着烟，低声地说：

“亲爱的，你给我泡的咖啡……有点浓……太烫了！”

他深色的脸、他的噘嘴、他的怪相、他的懒散充斥着整个空间。他会说早上好。他会喜欢舒伯特。他会注意到花。他的嗓音沙哑，北非口音让人想起他的家乡，仿佛置身阿尔及利亚南部。厨房开始唱歌。突然就是夏天了。他靠在墙上，站在矮桌后面，一家之主一样让猫跟自己姓："让-皮埃尔·巴克里[1]！"男人温柔的双眼越过咖啡上方看着她，一种热烈的温柔包裹住她。他笨拙又贪婪地把勺子埋进果酱罐，大剌剌地抹开，大口咬下去。嘴角沾到一些果酱。这让她开心，桑葚的颜色还挺明显的。他吃了一块又一块，他吃得很开心。他站起来，在她的脸颊上响亮地亲了一口。

"嗯——！我的西蒙娜，这才是人生！"

她看了他所有电影，所有台词都烂熟于心。

不过她更喜欢他在采访中散发出来的东西："……微笑，如果不是发自内心的，我就不会笑……我更喜欢真诚……英雄人物很烦人……对我来说，人类就是两只脚的矛盾体……我喜欢人类，我对人类的脆弱和小懦弱抱有温情。"

但巴克里肯定不是单身。像这样的男人都不是单身了。她宁愿保持单身，也不肯满足于第二选择。要不嫁

1 让-皮埃尔·巴克里（Jean-Pierre Bacri），法国男演员、编剧，主演《无巧不成婚》等电影。

给“巴克里”，要不谁也不嫁！

之后不久，她就推开了单身女子公寓的门……

*

十年过去了。西蒙娜在公寓楼的地下室里，手里拿着舞鞋。她犹豫着，转着圈，把鞋子放在架子上，关上门，离开，回来，又拿起舞鞋。可能她会重新开始跳舞。她也不知道。

回到家里，她撞见了红棕色的大肉球，用琥珀色的眼睛看着她。

“来，我的让-皮埃尔，来给西蒙娜摸摸。”

- 15 -

这一周天都很冷。街道空无一人。连让-皮埃尔都放弃了日常溜达。楼道悄无声息，每个人都在自己的公寓里闭门不出。三楼，茱丽叶寻思着她们会不会正想着一个男人，会不会思考未来，是不是准备就这样独身终老。她也在想，她是不是来对了地方，是不是应该和谈论竹子的女王和把头弯到地上的瑜伽狂人生活在一起。自从她住在这里，她就开始想象自己的晚年生活。总是一样的剧情。

雨天。茱丽叶瘫在人造革沙发里，看着窗外灰色的天空朦朦胧胧。她穿着一件睡衣，一双米色厚长袜，以及脏兮兮的绒球拖鞋。膝上一只半导体收音机，她用双手紧紧握着。桌子上，一盒巧克力。一切都是旧的：地毯、墙壁、家具、人。她也是旧的。

一个男人用勺子敲着盘子，叫道："果酱，果酱，果酱。"另一个盯着面前的墙。

来访者到了。他们分成三组。第一组看起来很悲伤，第二组不停地看着手表，最后一组因为他们爱人眼中闪出一道清醒的光而做鬼脸。

台词永远相同。

"今天大家吃什么？"

"护士们友好吗？"

"别闹了，你知道我们家太小了。"

茱丽叶隔壁是个聋子。她甚至察觉不到公共大厅里电视的声音。她拒绝戴医生建议的助听器。她似乎很平静。不戴助听器可能是为了不要听到她女婿大声讲给她听的蠢笑话。

对茱丽叶来说，没有访客，没有孩子，没有爱人，没有追求者。

故事灾难般的结局总是相同的。一个白发竖在空中、长得像妖精一样的男人对她笑。他吹灭蛋糕上的一百支蜡烛。他叫亚伯拉罕。她既找不到舞会礼裙，也找不到水晶鞋。她在自己的房间里奔跑，寻找床底下有没有王冠。床消失了。那里只有藤椅、假牙和穿孔的椅子。

茱丽叶吓了一跳。原来是让-皮埃尔弄掉了一本书。她抓来电脑，输入网址。一万七千五百二十三个男人在这个婚恋网站上注册，只需要伸手，按键。

这里面总有一个人可以救我。今晚，我要找个男人！就像猎人们的誓言："今天，我要杀头野猪！"一个会将我看在眼里的男人，他会对我说："你就是我等的人。"

茱丽叶打下一段新介绍："我喜欢恨天高凉鞋、城市传说和糖渍橘皮黑巧。”在快速搜索栏里，她勾选了：“性别女，兴趣男，三十到四十岁，为了爱。”出现了一大堆男生！“西拉诺、帅气强盗、佐罗、小猫、魔鬼、盖茨比、寻爱杰克、盆友你好、陀螺……”茱丽叶晕头转向。她逐一浏览四百八十张照片：脸胖乎乎的，无精打采的，凶狠阴森的，眉毛连在一起的，长胡子的。越来越快。不喜欢！不喜欢！不喜欢！没一个心动的。放大照片也没用：怀里抱着京巴狗，前任的手搭在肩上，塑料绿植，电视开到Canal+，毛发茂盛的半身像，果糖，重型机车。她点开一个主页。

旅行爱好者……这个不错哎！他都去哪儿旅行？魁北克玩了六个月。烂牌！下一张！

屏幕上亮起一个信封：来自“希伯伦”的消息。

来得真快，我才刚刚上线。

“对我来说年龄不重要。一道皱纹可能会让我喜欢，一个眼神就能让我心动，一个步子就能把我吸引。”

希伯伦，要是你只对我一个人这么说就好了。而不

是复制粘贴给两万多人。下一个！

“在我们的故事里，会有美轮美奂的灯光，闪闪发光的想法，有柔情，有笨拙，有贪婪、冲动和矜持，笑容和你眼中的星光。小王子。”

再这样下去，我就要转战“男人收养网站”或者“约饭网”了。

屏幕上好几个窗口同时跳出来。左上方：

哟，这个叫“莱卡”……他应该喜欢照相。

“您来看了我的主页，但没有留言。您是谁？我想看看您的全身照、侧面照和背面照，然后决定要不要继续。”

他以为是在网店上买衣橱啊！下一个！

右下角：

“地球上，周六晚上，巴黎在跳爵士。诗意情绪，想象随画面舞蹈：杂技演员和走钢丝的人在绳索上。盖茨比。”

茱丽叶扫过屏幕，喃喃自语：

“嗯哼……我喜欢这种神秘……再给我写点什么吧盖茨比。”

我在干吗？我在和屏幕讲话？我疯了！这些东西让我智商下线！

他消失了。来了另一个。对话框弹开：“花花公子247”。

“我想知道风景是平原还是岗峦起伏？”

“与其说有棱有角，不如说弯曲圆滑。”

“我们之间有点什么，你不觉得吗？”

“？”

“你住哪？给我地址！”

“我是流浪汉。”

就算我想，这个公寓楼也不许男生进来。

“你好！”

“这么急？”

“我们来这又不是打发时间的。”

二〇一三年，人们睡过之后才会知道对方的姓名。

“蜻蜓”和“穿靴子的猫”会变成“你好，我叫皮埃尔·迪朗”，“我是吉内特·杜施明”。哟，他又来了，这个急性子花花公子这次又说了什么？

“有个俄罗斯靓妹刚刚注册了。我要抓紧机会。你没改变主意吗？”

“你要跟我聊还是转去和别人聊？”

“我同时和好几个聊。这里有所选择。你给一个妹子写两条消息，然后坐在咖啡厅里，然后，嗬！到床上了！她鼻子上有颗痘，下一个！她脸颊上有块斑，换人！还有十五个在小窗我呢。而且还是免费的。和我一样，好好使用吧。”

想要娶我你可得下点功夫，急性子247。

茱丽叶想起了在父母又一次忘记接她的那天，给她下午茶点心的男孩：“哎，给你。”她那时七岁。一个保护者，她已经找了二十五年。

他肯定在某个地方，我的超级英雄。

她对着屏幕骂。

“你在哪？告诉我。从树林里出来。我讨厌这种虚拟世界！我要的是一个真实的人！坐在我的副驾驶上！陪我度假！陪我过生活！”

她站起来，贴着公寓墙绕圈，走进厨房，吃了一个巧克力布丁，又拿起电脑，窝到床上。早上五点。还有两百三十七个男人在线。

要是女王看到我这个样子！

她还在点、点、点……刷照片。停！回去。一个裘德·洛迷失在一堆丑人中。绿灯！颜值在线！他就在那儿！离她好近！

你身上有雪松的气味吗？你有温暖的声音吗？你的双手温柔吗？你的胸怀足以庇护我所有的迟疑吗？

她打开他的主页，屏住呼吸。读着……就是他！她找到了！她接着读。页面下方几行字：“我不再使用这个网站了。我找到了相伴一生的女人。我非常幸福。非常感谢所有关心我、给我发来消息的你们。祝你们好运。”

这不是真的！早来一会儿，我就是他相伴一生的女人！

茱丽叶回到厨房，吃掉了第二颗巧克力布丁。

她收到了“比尔迪”的消息：“现在，你的脉轮都不通。”

他是有颗水晶球吗！连你好都不说，上来就说，我是从巢里掉出来的小麻雀，你脉轮不通。

她回复。

“什么叫我脉轮不通？”

“不仅不通，甚至可以说是紊乱。第一个要打开的就是心轮，灵魂之门。不过，要慢慢来，非常慢。”

这小鸟是罗萨莉的菜。他们可以一起做圣甲虫像。不过罗萨莉还没有忘掉弗朗索瓦。那些贴在壁炉上的明信片就是证据！不过谁知道呢？总有一天。或者介绍给吉斯皮娜。一个有耐心的人，慢慢地驯服她。给她打开一个又一个脉轮。最好这栋楼里每层都有一个男人。下一个！

“您不在我的目标年龄段。我可能也不是您要找的人。所以一切都非常不适合！木柄小刀。”

木柄小刀！起这个名字得有多少岁？73！是了……去尼斯过冬天这种生活对我来说还太遥远了。下一个！

“我叫马尔科。我喜欢在城里散步，探寻不同街区，下午去放映厅，看所有奥黛丽·赫本的电影。”

“您最喜欢哪部电影里的她？”

“《罗马假日》。”

“我倒更喜欢《战争与和平》。”

“您像她吗？”

“一点也不像。”茱丽叶回答。

电脑沉默了。

终于有一次，我能和一个脑子正常的男人进行一段正常的对话，联系居然断了。我可能按错了。哦不，是他下线了。又这样，我想往电脑上扔一块布，像给鹦鹉笼上盖一块布一样，让它安睡。来吧，下一个应该就是对的那个。哟！这个叫“祖祖”！

茱丽叶笑了。她小时候邻居的乌龟就叫祖祖。

我不能跟他说这个，他可能会生气。

她打着：“您是谁?”然后点击“发送”键。好像他是盒子里的最后一块巧克力。

- 16 -

二楼，吉斯皮娜睡不着。如果走进她家，会感觉走进了她在跳蚤市场摆的摊子。所有的东西都是淘来的。法国铁路局淘汰的手推车拿来当矮桌。几个过分修饰的烛台和三个迷你豹标本端坐在古旧柜台上。一个火车站的时钟放在地上，旁边是几只打了蜡的大型金属字母。不同风格和谐并存：七十年代的圆扶手椅，橙色长毛现代地毯上大只的木头匹诺曹，少了一条胳膊，长鼻子却完好无损。不相称的相框里，是她的黑白胶片收藏：年老的西西里女人站在房子的门槛，百叶窗关着，猫在阳光下无精打采。吉斯皮娜坐在深紫色丝绒矮沙发脚边，一瓶圣塔格斯蒂诺已经喝掉大半。吉斯皮娜手中握着福尔图娜的照片，她已经很久没有拥抱自己的女儿了。她把照片塞回床垫下面，然后小口喝着温热的红酒，就像女儿小时候，她在工作之后偷偷地放松一样。

那也是九月……

家里人一下子多了起来。三个哥哥，他们的三个老婆和十二个孩子为了不能错过的惯例回到家中，这惯例就是在家偷偷酿酒。他们一直这么做。先是在他们的国家，现在是在法国北部这个小城市。什么都不能阻止他们继续这么做。他们弄来了西西里的卡车，等邻居睡着，然后悄悄地卸载装满了紫葡萄的黄麻布包。男人们来来回回好几趟，小心翼翼地把宝贵的货物运到瓦朗西纳工人小屋的地窖里。绳子上挂着的电灯泡散发出泛黄的灯光。

吉斯皮娜对着不存在的主人举起酒杯。

“你看，爸爸，我喜欢这个。小时候，我的奶瓶里就已经滴了几滴红酒了。这对小孩有好处，叔叔佩皮诺说。后来，我在巨大的木酒桶里用小脚踩碎葡萄。一开始，木酒桶比你自己还高。一整天，我都和其他人一起蹦蹦跳跳。我还能听到你浑厚的声音：‘踩呀小东西！’天黑了，我也倒下了，累坏了，身体的每一块肌肉都痛。我的脚是紫色的，鼻子里充斥着酒糟的味道。学校里，穿着粉色围裙的姑娘都笑话我。

“在圣-马丁，你们尝初酿的时候总是露出一副这是件大事的表情。如果酒好喝，家家户户都会买上四百升，一年中每天都要喝一瓶，每逢圣洗、生日和领圣体还要多加上几瓶。如果收成不好，你就会发火……然后下一年，一切都重来一遍：脏脚，酒糟味，嘲笑。你们的传统破坏了女孩子们的人生！我梦想着学摄影，我想要让人们好好看看我的能力，特别是给哥哥们看看。你不同意。你既不认字也不会写字。上学，在你看来是无稽之谈。你杀死了我的梦想。谋杀犯！”

吉斯皮娜开始对瓶吹。

“我喝我想喝的，你不能阻止我。再也没有哪个男人能让我按他的规矩来。我自由了！我最糟糕的儿时回忆，就是你带给我的回忆，爸爸！你记得吗？尖叫，黑烟，疯子。我在吉娜阿姨家写作业的时候听到了警报声。我跑着回家，看到家门口聚集的人群。消防员不想让你进入随时可能坍塌的房子，而你就像听不懂法语一样，把他们推翻在地。我看到你走进火焰里，然后带着你的手链、十字架项链和西装走出来。英雄！所有的邻居都在为你鼓掌。你没有给妈妈或者我带任何一件东西出来。我那时十二岁，我什么都没了。什么都没了！

“现在，我刚找回一点内心的平静，这个姑娘来了，这个‘寻爱者茱丽叶’！她带着她可笑的梦想来这里，让其他人都晕头转向。当我看到她明星一样的高跟鞋收藏的时候，我真想知道她来我们这里干什么。”

吉斯皮娜站起来，手里拿着酒瓶。她一瘸一拐地登上一级级通向三楼的茱丽叶公寓的台阶。她的腿今天似乎格外沉重。

“卡拉，她去自己的静修乡里冥想了，然后她让一个魔鬼来代替她。她们在让她住进来之前都没有征求我的意见。而且是女王同意的！我才不在乎什么女王呢我。这比君主立宪还可怕，这是重新掌权的墨索里尼！”

她对着门大吼。

“你想什么呢，新来的？我运气不好，你也不会有好运气的！不是因为你年轻有身材就能找到爱情的。不是这样的。光许愿是没用的。没有人会因此改变主意，特别是一个对生活一无所知的小孩子。你来之前这里好得多。收拾行李走吧，我们等卡拉回来。”

吉斯皮娜回到二楼，踉跄着，抓着楼梯栏杆，回到家里，关上门，对着瓶嘴喝上最后一口，然后把酒瓶砸向墙壁。剩下的红酒顺着匹诺曹的头淌到它的肩膀上。

“不是我放弃了爱情，是爱情抛弃了我！”

- 17 -

和好几周以来的每个周二一样，茱丽叶把女王买的东西带上楼给她。购物单总是无一例外的以六瓶、而且是六玻璃瓶富维克矿泉水开头。楼里喜欢电影胜过体操的老幺提着两只沉重的篮子，费力地爬着楼梯。

到楼梯平台的时候，她认出了那首曲子是巴赫的《哥德堡变奏曲》，她笑了，想到了电影《英国病人》。她对电影的每个段落都谙熟于心，可以轻易地重新剪辑。她敲敲门，用手肘推开门把手，进去，在走进厨房放下东西之前，她还扫了一眼阳台上的竹子，看看芽尖有没有朝向她的鼻尖。

呼！而且，如果说这些竹子每一百二十七年才开一次花……

女王站在房间中央，紫色的双眼向着茱丽叶看过去。

“所以，听说晚上，你去找了男生。”

有人把我卖了！

“谁和您说的？”

“我有灵敏的触角。”

能感受三层楼以外的消息？是仿生学触角吧！

“他们没有进公寓。”

“就差进来了吧！”

“您疯狂的规定太夸张了。凭什么限制这栋楼里的租客去试试新运气？”

“她们来这里是寻找庇护的。我在保护她们。”

“不！您在给她们洗脑。”

叛逆者猛地把篮子放到地上。富维克的玻璃瓶哐啷哐啷响。

“她们可以只是短暂休息，照料自己的伤口，找回力量，重新出发。而在这里，她们是在逃避。您不能这样对她们，爱情就是一切！”

“我经历了一千个……”

“我知道，‘一千个男人，一千次花火’。但并不是所有人都和您一样，并非所有人都是收集情人的女神。”

“闭嘴茱丽叶！你不知道芭蕾名伶的人生是怎样的。一晚在纽约，下一晚就在东京。”

“您结束巡演多少年了？”

茱丽叶看着占据了半面墙的大幅黑白照片：一个男人的肖像，闭着眼睛大笑。她第一次读到“疯”这个词的定义和性数变化，黑色字母写在他的脸上：“谁失去了理智／就是疯了／疯子的历史／高兴疯了／气疯了／疯子之家”。“疯笑”用红色字母写成。

“一个大笑的男人，画面真美……总而言之，现在，画上的男人对您来说就足够了？”

“我有自己的理由。”

“但她们，放弃爱情对她们来说太沉闷了。”

“并非所有人都和你一样，渴求爱情……”

“和我不一样？那那天晚上在我门前大吼的吉斯皮娜呢？没人抱怨过。如果她不是缺少爱情，那您要怎么解释这些怒吼呢。”

“不要去管别人的事情，丫头。”

“我爱管就管。您把她们圈在您身边，让她们对您俯首称臣……因为您就享受这种感觉……这样您就不会孤独终老。您对男人大开窗户，却剪掉姑娘们的翅膀！”

“她们每天都会飞出去，但每晚都会心甘情愿地回来。”

“但她们回来的时候，你会检查有没有带进来违禁物品。”

女王靠在沙发的扶手上，咧咧嘴坐下来。

茱丽叶不让自己因为女王的表现而心软。除非女王咧嘴是在嘲笑她的无知……

“您自己，您还可以去爱。”

“噢！我嘛！……已经太迟了……”

“不是您的年龄阻挡了您，是您的自傲。您要变成一座盐雕。”

“我会和所有为了突破极限、达到完美而把身体弄脱臼的舞者一样。一座盐雕，没有盐也没有巧克力。想象一下，没有巧克力的一生。无论如何，芭蕾舞裙可没有小口袋。”

如果一个男人把我抱在怀里，我就不那么想吃巧克力了。

“台上一分钟，台下十年功。”女王叹了口气，“迷人的疲倦。再没有精力追求肉体的爱了。来，我再告诉你件事情……在舞台上经历了那么多次意乱情迷之后，要神一样的男人才能让我们感受到与之媲美的快乐。拉威尔说过：‘我唯一的情人，就是音乐。’我，我唯一的爱，就是舞蹈。”

“那法比奥呢？”

“法比奥……”

女王的脸庞美得发光。

“法比奥·萨托里。他那时候是米兰歌剧院的院长。是个出众、考究、有学识的男人……我们有很多共同的爱好，意大利的湖泊，好听的曲子，古旧的广场……”

我也想认识帅气意大利男人，在托斯卡纳有栋别墅……树下长桌……人数众多的家庭，家里一直热热闹闹，笑声不断……

“爱情和惯例格格不入，”女王接着说，就好像她能读到茱丽叶在想什么。“如果我一生都和法比奥在一起……他会每晚都在床的同一边入睡，听到熟悉的呼声，我就知道他进入了梦乡，而我最终会戴上耳塞忍受这一切。二十年后，我肯定会遇到问题。谁下楼倒垃圾？谁去填税单？一样的俏皮话，眼里的光渐渐暗淡，一切都衰退了。‘给我惊喜’，妻子对丈夫说，而丈夫瘫在沙发里，像桑贝漫画里那样。”

“您有幸遇到了难得一见的男人，而您害怕了。”

女王躲过了一次新的冲突。她更愿意聊聊回忆。

“他猜到了我会离开他，所以他先离开了。他送给我这栋楼，带着让他神魂颠倒的爱情消失了……”

她艰难地曲起双腿，用手臂环抱双膝，放低声音接着说：

“我可能还错过了另一份幸福。”

沉默充斥了两个女人之间的空间。茱丽叶从来没有见过如此犹豫的女王。这位芭蕾舞者轻微地摇晃。茱丽叶可以看着她摇晃，但不能看着她摔下来。于是她走过来坐在沙发脚边。

“我爸爸第一次看我跳舞的时候，我十岁。我妈妈刚刚生下我弟弟，所以那时她在医院。表演结束后，他带我去一家特别美的餐厅吃晚饭。我第一次看到那么大的厨房，水晶餐具，罗曼尼·康帝红酒，殷勤的服务生。然后我们去商场买了一条漂亮的丝绒裙。他和所有人说：‘我的女儿是独一无二的舞者！’八天之后，我第一次来了例假。他看我的眼神让我觉得自己成为了女人。

“我继续跳舞，为了让他开心，为了让他再次告诉全世界：‘我的女儿是独一无二的舞者！’但他在我二十岁的时候猝死。报纸上写的是‘出乎意料的死亡’。他的魅力、他的谦恭、他低沉的声音、优雅的声调，总能用到最恰当的字眼……怎样的男人啊……我的好爸爸！”

“您有他的照片吗？”

“在我房间里。一会儿给你看……他笑着斜躺在一个小女孩前面，小女孩穿着芭蕾舞短裙，给他行着屈膝礼。”

我呢，我从来都不知道什么是好爸爸。

- 18 -

西蒙娜每天去买面包的时候都会经过书店。有时候她会进去，有时候只是看看橱窗里的书。她很了解这个地方。打过蜡的旧木头书架的味道和古典音乐令它更厚重。马塞尔说到他最新的发现，就像说到他刚刚尝到的一颗糖那样兴高采烈，他的声音让西蒙娜快乐。

她的第一本书，是学校老师送给她的《苏菲的不幸》。一个喜欢看书的乡村小女孩，这样的小孩不多见。她的父母不能理解她。于是，她晚上躲在被子里，打着手电筒看书。她保留了在被子里看书的习惯。

今天，她是来给女王买礼物的：纽瑞耶夫的传记，俄罗斯芭蕾的历史……找本她喜欢的书。但是她一来就先开始读马塞尔列出的“一见钟情书单”。她很喜欢看书单，因为马塞尔的字写得很好看。人们来书店总是忍不住买上十本。不过，她却抵抗住了诱惑。

美术书架上一本书吸引了她的注意力。那是奥赛博物馆“男性／男性”展览的目录。十九世纪至今艺术中的男性裸体史。她轻抚凹凸不平的封面，翻开书，用手一遍又一遍地触碰光滑的内页。书页上展示着彩色或黑白的身体图像。光影勾勒出凸与凹。她用手指划出完美的曲线，在凸起的肌肉上停顿。

她有多久没有碰到裸体男人的身体了？上一次，是卡洛斯，莎莎舞老师，十年前，而且是黑暗中。而这里，这个男人，因爱情而忧郁，放开自我，任凭她的目光抚摸。他拥有宽大的背，圆润的肩，光滑而柔软的皮肤。西蒙娜的手指在书页上游走，沿着身体的曲线，在肚脐周围画圈。

她真想用黏土捏一个男人，就像捏面包一样。用自己的手指给他塑形，按自己的喜好创造他。他会是躺着的，手臂在头下面，她把他翻过来，戳出腰上的凹陷，强调腿部的线条、隆起的髋部，她会雕塑丰腴的臀、充满肉欲的性器官。

她瞥了一眼马塞尔，他沉浸在一本古老的百科全书里，鼻子上架着钢制小眼镜。她又把目光移回艺术书中男人的裸体：冰冷大理石中喷涌而出的男性胴体。

突然，她幻想他睡着了。而她在那儿，在画中，和他一起。她的出现让他醒来。静止的男人转过头来。慢慢地。他看见了她，邀请她过去一起入眠。她挨着他躺下。他们的腿缠在一起。他伸出手，轻轻抚摸她的胸口。

她突然合上书，在花园书架上乱翻，又在其他书架前匆匆掠过，再回到美术书架，重新打开那本书。大理石男人就在那儿。他没有动。他在等她。

他饱满、生动、因欲望而隆起的性器官微微发颤。

西蒙娜发出一声无声的呐喊。

她没有说再见就离开了书店，忘记买面包，与散步的人交错而过，经过勒鲁瓦兄弟的五金店前也没有回应他们打的招呼，因为她坚信刚刚在书店里发生的事情都写在她脸上，坚信她一走进公寓楼的大门，自己的贪婪、性欲、愉悦就会被“放弃者”中的某一个抓个现行。而她们，她们怎么面对自己的欲望？西蒙娜觉得很愧疚。她要藏起来，整理思绪，忘记这个放纵的时刻，对自己的诺言保持忠诚。不！那太可口了，她想再来一次。而且不是和一张照片。“尝过奶油的猫就再也拦不住了。”

- 19 -

她们决定每周和罗萨莉一起去一次游泳池。为了雕塑她们梦中的身材，她们笑着说。

西蒙娜已经想了好一阵子游泳的事了。她寻思着自己对男人还有没有吸引力……她知道艺术书上的阿波罗男神不存在，她需要回归比较朴实的欲求。她知道她戴游泳必戴的泳帽不是那么美，而且去年八月以来她的身体就没有见过太阳了。但是她不想欺骗男人的眼睛。她想展现出自己原本的样子。一个五十九岁的女人在市游泳馆里游泳该有的样子。

茱丽叶很开心和小蜜蜂们一起出来玩。刚住进来的几天，她就想要这么称呼单身公寓里的女孩们了，可能因为女王住在最高层，就像蜂后住在蜂巢里。她很喜欢和她们一起看电影，一起逛市场，告诉罗萨莉和西蒙娜她们忘记的蔬菜名，去跳蚤市场吉斯皮娜的小摊子上打招呼。她喜欢烤面包的气味和楼梯间里海鸥的叫声。晚上回到家里，周末一起低声哼曲，都会让她很开心。但这也不能温暖漫漫长夜。

她们来到了单身公寓楼的大门口。对面，二楼的窗帘拉开。

“哟！巴泰勒米先生，”罗萨莉说，“我们成了他生活的调剂品。他老婆不在以后他感到那么无聊。”

她们遇到了埃尔韦，他的爸爸，他的妈妈，他的姐姐和他姐姐的大只白色绒球鬈毛狗，一个接着一个走来，完整版的桑特瑞家庭。茱丽叶想着，她们应该也组成了一个奇怪的队列。和往常一样，勒鲁瓦兄弟们穿着灰色围裙，在姑娘们经过五金店时挥手致意。

“回头已经太迟了，”吉斯皮娜想，“我和她们说好了下周四，就是今天了。是西蒙娜选的日子。她对周四情有独钟。可能因为她在冬日严寒中穿着雪鞋去猎兔子时，她妈妈经常和她讲述孚日乡下的周四假期。另外三个人似乎很放松。当然了。她们没有理由不放松。她们开着玩笑向前走。”

山区姑娘西蒙娜以坚定的步伐前进着。

茱丽叶寻思着时间选得好不好。

罗萨莉很享受这被寻回的亲密的感觉。

游泳池的复古池边非常迷人，地上铺着彩陶方砖，顶上是玻璃天棚，还有好几层老式的个人更衣间围绕着泳池。泳池救生员用自己的门卡打开了门。

“自从他们晚上开门，这里就成了精力旺盛的管理高层、失眠的自由泳者和同性恋的聚会胜地。”罗萨莉说。

同性恋！想在夏天找到未婚夫真是不容易！

“所有这些喜欢游泳的人，”吉斯皮娜想，“你在说一种嗜好！”

“我，我有点冷，我要先喝一杯咖啡，我在咖啡厅里看你们游吧。”她咕哝道。

“和我们一起去吧。”罗萨莉坚持说。

“为什么我没和她们说我怕水呢？”吉斯皮娜寻思着，“我中计了，就像西蒙娜妈妈捉到的兔子。”

她们在池边慢慢地前行，背着滑稽的蓝色塑料包，穿着鞋，走进四间互为对角的更衣间。

“哟！好小啊！”

“小声点。”

“我感觉在自己剥洋葱……羽绒服……靴子……裤袜……”

“连体内衣真不方便。”

真想知道她们还会不会买性感内衣了。

“泳帽塞不下我的头发。”

“我的身体穿不进泳衣。”

“别再吃意面了。”

“啊！啊！不吃意面的西西里人！”

西蒙娜比其他人先准备好。她边等她们，边看着四周。池水二十六度。温度写在救生员旁边的小板子上。他坐在一张铁椅子上，注意着游泳的人，有时看起来有点走神。她看着他的双手在橙色T恤前交叉。她凝视着他结实又迷人的小臂。她瞥了一眼他的额头，宽阔而光滑。她爬铁椅子对面的梯子时，他会对她笑吗？她小心翼翼地走在泛蓝的方砖上、走向女性浴室的时候，他的目光会追随她吗？当她一会儿打开自己的更衣间时，他会打量她自由泳者的背部吗？

其他人也都好了。罗萨莉穿着一件式泳衣，吉斯皮娜裹着一条很大的浴巾，茱丽叶穿着青绿色比基尼，手上拿着手机。

“不，看看你们！一个肉球，一个怕冷，一个运动健将，一个老太。”西蒙娜说。

“可惜卡拉不在。”

“等等，我来拍张照。”茱丽叶说。

“是在拍《Vogue》的封面吗？”西蒙娜放声大笑。

“是给女王拍啦。她肯定想看。”

“你经常去顶楼吗？”吉斯皮娜问。

在泳池里，水中体操课激起一阵阵波浪。这些女人！十五个勇敢的女人正在对抗水的阻力和腰间的赘肉。

为什么要做这些可笑的动作呢？当然是为了开心咯！

“我们去报名吧？”茱丽叶提议道。

“今天不了吧。”吉斯皮娜立刻答道。

茱丽叶看着更衣室的门。一共三层，每层五十个。每当一个更衣室的门打开，就好像她点开了约会网站上的一个主页。

如果有人出来时已经戴了泳帽、泳镜和鼻夹，那肯定是长得不怎么样。

一个黑公主出现了。翘臀，光滑的皮肤，她沿着泳池摆动自己逆天的长腿，不关心自己对茱丽叶和她丰满的身材造成的影响。

这不公平！都是天生的！

一个穿着三色泳衣和黄色护臂的小男孩撞到了罗萨莉。他放声大哭。救生员忙着上课，没有看到他。罗萨莉在潮湿的方砖上跪下来，为了能平视他的双眼。

“你叫什么？”

“特里里里……斯坦。”

“你妈妈长什么样，特里斯坦？”

“长得……好看。”

“她会回来的，她应该是去上厕所或者找相机来给你拍照了。让我看看你笑起来是什么样的。”

特里斯坦做了个吓人的鬼脸。

妈妈来了，是个面色红润、牙齿参差不齐的小个子女人。她紧紧地抱着儿子，不停地说着谢谢，然后他们一起笑着跳进水里。

小特里斯坦忘记了罗萨莉，她又成了一个人。她想到了芙罗拉、本杰明、阿里埃尔，她梦想中的三个孩子。

“我，我去游泳啦。毕竟泳池还是用来游泳的嘛。”

对罗萨莉来说，最好的时刻就是脑袋第一次潜入水里的那一刻。她感觉自己是只海豚。池水洗去了一切。当她游泳时，她就停止思考。她想着自己放松的身体，感觉很棒。然后，她感觉自己很干净、有型，准备好迎接之后的白天和黑夜。所有的压力都消失了。

“我来了。”茱丽叶说。

她注意到一个小个子老太太在七号更衣室前犹豫着。她的泳衣在她纤细的身体四周飘动，就像她缩水了一样。她皱巴巴的，手臂干枯。白色头发盘成发髻，手上拿着泳帽，她小心翼翼地走着。

有一天我就会变成这样。

最近，茱丽叶感觉一切都过得太快了。她看着老人，看她会不会滑倒。她想要问她人生过得幸不幸福，她有没有经历过伟大的爱情故事。一个走向她的高个子棕发男人转移了她的注意力。

这个人穿黑泳裤蛮好看的。他会抬起眼睛吗？不！

他看起来很专心，他是来游泳的。和其他人一样。你越过这些线没有好处，你会被带蹼的手打晕。

西蒙娜看看时间，决定游二十分钟不停。按她的节奏，可以游三百米。她以打水开始，趴在浮板上。她感觉自己的腿有千斤重。她应该穿鸭脚板的。所有人都超过她。一个妈妈和她穿着三色泳衣的儿子跳进水里，水花打到了她。她放开浮板。仰泳是她的强项。游了好久！她慢慢地前行，希望不要撞到什么人，转弯的时候也希望不要撞到墙。她比电视上的游泳运动员笨拙多了。她时不时地瞥一眼时间，感觉时钟的指针走得好慢，还不能结束让她气喘吁吁的训练。二十分钟，以她的年纪，第一趟不算很久。她试着给救生员做一个潜在的信号……救生员完全没意识到。今天算了。她下周四再来。她在超市里看到了更好看、色彩更鲜艳的泳衣。谁知道呢？那些泳衣可能更讨坐在铁椅子上的男人的喜欢。如果不是这样，她就在其他周四再选别的泳衣。

吉斯皮娜坐在泳池边，看着快速泳道，臂和手出现又消失。一个黑发棕肤的男人，V形身材，紧身莱卡红色三角泳裤，有弧度的短腿，坐在她旁边。

“你不游泳吗？你的朋友都下水了，我看着你们来的。”

他长得很像她的丈夫路易吉。她寻思着他想要什么。

“我觉得冷。”

“你来喝杯咖啡吗？”

“让我安静安静。”

“太可惜了，你很可爱。看着我，我要做一个后空翻，不为别的，只为你。”

茱丽叶，她边游泳边想着老太太。她游泳是为了皮肤紧实，因为她知道有一天，无论做什么，紧实的皮肤就只能是回忆。然后，她忘掉了老太太、男人、她的身体。她让自己沉浸在水的愉快中，沉浸在水的流动中。感觉自己很轻盈，她不常有这种感觉。

一个接着一个，她们回到了吉斯皮娜身边。

“我等了你们一个小时了。”

“你不是有伴嘛！”

“‘公鸡被放出来的时候，关好你们的母鸡’。”西蒙娜打趣道。

“穿着红色三角泳裤的公鸡！”

“我冻死了。”吉斯皮娜说。

“当然了，你的泳衣是干的。你没有游啊！”

“我们去桑拿吧？”

“好主意。可以找个小姑娘给我们搓背。”

“然后我们的皮肤就会特别光滑。”罗萨莉也赞同。

如果都没有抚摸，要光滑的皮肤有什么用？

她们走进浓厚的水雾，踮着脚找热热的长凳。

“感觉像在山上。”

“只是看不到滑雪的人。”

“嘿——嘿——对面的朋友……”

她们笑起来。

茱丽叶又想到她到达单身公寓的那天。

"你们记得吗，我们第一次说话的时候？就像在这里一样，我们看不到彼此。"

"我们怎么可能忘记。'一只猫不能代替一个男人'，这就是那天你说的话。"

"现在我还是这么想的。"

水雾沉默了。

"但是你们，你们真的放弃了吗？"茱丽叶问道。

水雾变厚了。她坚持着。

"一辈子吗？还是暂时的？"

西蒙娜是第一个回答的。

"我们永远都不能说永远。"

吉斯皮娜大叫。

"我！们！不！要！再！说！男！人！了！"

"不再说我爱你？"茱丽叶坚持着。

"人一生只能真正地爱一次。"罗萨莉叹了口气。

"那欲望呢？往哪儿发泄？就这么消失了？"

"欲望会融化，就像我们融化在桑拿里。"

茱丽叶笑了。

“小心啊，姑娘们。欲望会睡着，也会突然醒来，就像沉睡的火山。”

“我不想最后只和让-皮埃尔共度一生。”西蒙娜小声说。

“啊！欲望……这是个好话题！”

她们沉默了，惊愕着。一个低沉的声音在水雾中响起。

我以为这里是女士桑拿。

“欲望是埃特纳火山、维苏威火山、斯通博利火山。”那个声音接着说。

“我以为只有我们几个呢。”罗萨莉小声说。

“你们放弃男人了吗？”

没有人出声。

“我一直站在女人这边。女人更勇敢，更真实。没有女人我会疯掉。没有女人的人生就不是人生。我爱我的老婆。”

这人谁呀，在桑拿里说我爱自己的老婆?

“女人，就是火山，就是奇迹。”

一段克制的笑声在水雾里浮现。

“日复一日的欲望，简直太美妙了。”

她们不再笑了，她们靠近彼此，肩并肩，脸伸向声音。

“忠诚、真诚，我都相信。想到可以在我选择的、对我说‘我愿意’的女人身边终老就无比幸福。”

桑拿里再次沉默。

她们仔细看着水雾，试着找出一个身影。听到桑拿的门打开又关上。茱丽叶站起来，踮起脚找到出口，推开门，左看看右看看。低沉的声音消失了。

咔嚓，咔嚓，咔嚓，咔嚓。救生员打开了四间更衣室的门。茱丽叶和镜子中自己的影像鼻尖对鼻尖：苍白的皮肤、通红的眼睛、扁塌的湿头发，眼睛四周是泳镜的压痕。

我明白为什么男人想游泳了。

- 20 -

总是在坐到红丝绒沙发里时，对话才能变得亲密。从那次拌嘴起，一个新的惯例形成了。热巧克力和马德莱娜小蛋糕，放在令人开心的茶杯和精致陶瓷盘里，安静地享用。然后，女王开始了每日争论。

“你夜里还逛相亲网站吗？”

我要是说对，肯定要被杀了。

“对。”

“那他们会为你决斗吗？”

缓行三年。

“没什么危险吧。我不是很擅长。”

"你知道电脑和艾尔·帕西诺[1]之间的区别吗？艾尔·帕西诺，是活的，有肉有毛！"

但是，活人里也有奇葩。像个动物园一样！

"我特别喜欢艾尔·帕西诺！"

"你还记得《闻香识女人》里面跳探戈的那幕吗？他和香水味好闻的陌生女人跳舞。"女王激动地说，站起来，在镶木地板上滑行，一只手叉腰，一只手臂水平伸开，抱着一个不存在的舞伴。

她停下来，做了个痛苦的鬼脸，摸摸自己的肩头然后又坐下了。茱丽叶装作什么都没看到。

"但是，如果你还没放弃……"

茱丽叶直直地看着女王的眼睛。

"如果我放弃了，我就会摔倒。"

"为什么会摔倒？"

"因为男人就是我的重心。"

---

1 艾尔·帕西诺（Al Pacino），美国著名电影演员，因出演《教父》《教父2》而家喻户晓，凭借《闻香识女人》获得当年奥斯卡最佳男演员奖。

“走路，跳舞，摔倒，老去：人生，就是一连串的失衡……”

“有时候，人需要学着一个人站着……真的很难。没有舞蹈您怎么办？没有男人您又怎么办？”

“那是另一个人生……听听蝉鸣，热爱竹子。我们以前没有发现的事情显现出来，小确幸成了大幸福。”

“我想要遇到一个人。”

“男人不是平衡杆。男人是游戏，是意外，是疯狂的时刻……”

“我，我奔跑就是为了不倒下。我害怕空白。”

“好像目前你遇到的还只是一些可笑的国王，戴着纸皇冠。”

谁在第一阵风的时候就学会飞翔？

“跟我来。”

茱丽叶走进一间豪华更衣室。房间的四周，都是透明门的衣柜。几十件衣服按颜色的渐变排列：白色、米色、浅灰、紫红、深紫。薄底浅口皮鞋、芭蕾舞鞋、高帮皮鞋都有自己的位置。茱丽叶想到了她那些鞋子，在房间中央乱堆一气。两条带裙撑的芭蕾舞短裙挂着。一条是缀满祖母绿鸟毛的短上衣，另一条是波尔多红丝绒材质。

这是她的博物馆！

“坐那儿。”女王指着毛皮软垫对茱丽叶说。

“下次约会你要穿什么？不要穿新衣服！要穿一件已经陪你度过一些美好时光的衣服，一件经历过考验的衣服。”

我穿松垮的旧慢跑裤。

“你知道，舞蹈世界充满了迷信。一个芭蕾舞女演员和我说过：‘如果您礼服穿错了边，千万不要换过来，不然就可能遇到事故。’有一天我跳《胡桃夹子》的时候芭蕾舞裙穿反了。”

我的内裤呢，如果我穿反了，我会不会把它正过来呢？

“我经常戴我祖母的戒指，”女王接着说，“但是每次我手指上有这枚戒指的时候，我都没法度过美好的夜晚。现在，戒指就待在自己的珠宝盒里。如果你忘记了什么事情，就不要回头了。有一个天使跟着你。如果你回到家里，它就会放开你。”

一个跟着我去约会的天使，我很喜欢这个想法。

“吸引力通过行动表达。不要遮掩你丰满的身材，优雅地把它表达出来。在还能露脖子的时候尽管露。对我来说这些都太迟了，天鹅飞走了。”

“您……”

“穿和你性格相像的衣服吧，鲜艳的衣服，快乐的衣服。”

女王递给她一件超低领的橙色丝绸衬衫。

茱丽叶找镜子。

女王的表情变了。

“别找，没有镜子。你之后再试吧。”

有天晚上，盛怒爆发，她打碎了公寓里所有镜子，从最小块到最大块。她被镜子里站在她对面的那个身材走样的老女人吓到了。

那她作为迷人女人的建议呢？不是丝绸衬衫就能让

男人神魂颠倒的，哪怕是橙色的也不行。

“告诉自己，你最美的装饰品，就是你的眼神。把你的目光沉浸在他的眼睛里……”

来了！开始了！

“不要说话……然后，当他问问题的时候……你在回答前也等一等。”

她停了一下。

“再等等……然后你说些他完全想不到的事情，让他吓一跳。男人需要被带到意想不到的地方。要让男人难以掌握，像蜻蜓一样，他们以为你在这里，但你已经在那里了。”

我完全就像一只蜻蜓。

“小心！这只是一晚的菜谱，不是一生的晚餐。”

如果这样最后只能生活在没有镜子的公寓楼顶层，我得再考虑考虑。

女王在茱丽叶面前突然停下。

“好好享受现在，然后带着战利品离开。”

她还是很复杂的。我希望马克斯变成一只飞虫看到这些。啊不！不要变成飞虫，她会把他从窗户丢出去。

“战利品？什么战利品？”

“感受。发光的男人的眼睛，触电的噼里啪啦，火灾。”

短路！

“别忘了你是领舞的那一个。”

“我，我喜欢由男人领着我跳舞。”

“那是因为你是初学者。”

- 21 -

和每晚一样，茱丽叶让收音机开着，为了不在寂静中醒来。

“痕迹……注意痕迹……脚步的痕迹……我们的痕迹……您现在正在收听的是法国国际广播电台，《大家说》节目……现在开始。”

茱丽叶边把柔软的羽绒被紧紧裹在自己的身上，边恳求收音机。

“再说一会儿吧。”

在棉絮的薄雾中，她笑着听帕斯卡尔·克拉克的声音。克拉克问来宾：“马洛夫先生，您在《迷失的人》

里写道：‘要出发吗？要留下吗？抗争？遗忘？’您成功地驯服了您的身份吗？黑豹，按您的说法……”

茱丽叶，她也问着自己，她从哪里来，她也在找寻自己的痕迹。她的身边摊着那本《犹太教入门》。床脚的电脑上，“电影院工作室”在放佩德罗·阿尔莫多瓦尔的传记《岁月的泡沫》，还有些空的巧克力包装纸。杂物堆的中间是《从A到Z整理法》。

“二〇一三年九月二十三日，圣康斯坦，天气晴朗，工作室的窗户已经打开了。”

九月二十三日！这可能是我人生最后一个单身的日子了！我要和他说什么？希望他不会问到我的家庭，也不要问为什么我三十一岁还一个人。她会说什么，帕斯卡尔·克拉克？她肯定不会问这种问题。问什么问题由她决定。

自从看了《灰姑娘》，茱丽叶就被电影带去了一个更美丽的别处。作为没有父母的孩子，她同样相信自己有一天会像仙女童话和爱情电影里一样幸福，这个念头让她保持活力。但是，她的白马王子，她还没找到。她寻思着这个王子是否存在。她三岁就知道圣诞老人不存在。十二月的某一天，她的爸爸对她说："我不希望我的女儿相信任何谎言。"第二天，课上，她把这句话重复给所有人听。一个小男孩哭起来，另一个开始大叫："我！要！礼！物！"老师发火了。茱丽叶受到了惩罚。

茱丽叶丢开了羽绒被的温度，跨过她散落的人生，看着壁炉上巴洛克式大镜子里的自己。她也想长时间沉睡后神秘地醒来。她看到镜子里女人棕红色的头发蓬乱而不受控制。

我头发的形状讨男人喜欢吗？

她在手机里找那条信息："见到您之前的二十个小时。我屏住呼吸。祖祖。"

"你会让我意乱情迷吗，祖祖？她做着鬼脸对着屏幕叽咕……我们会手牵着手离开约会地点吗？"

她对这个祖祖抱了极大的期望，就好像他是地球上最后一个男人。她不想要一时的感情，也不想要那种把她生活空白的每一厘米都填满的男人。她不再想要丰满的理想和骨感的现实。她不再想要交织在一起的紧急情况。从硬直的生殖器到模糊的承诺。没有明天的夜晚。她不再想要成为中转站。她想要从疯狂的奔跑中平静下来，想要放下行李。她想要每天早上身边是同一个男人。打开窗帘，对亲爱的说："我们今天做什么？"她想要回家，想要他问她今天过得怎么样，她再问他同样的问题。一个不完美的男人，温柔的话语，温柔的动作。然后，她就不知道了。可能还会有强烈的感情抒发，誓言，对交响乐一见钟情，五彩缤纷的伟大爱情故事。她想要看到电影的开始，而不是结尾的字幕。

想得够多了，冲个热水澡。

地板上留下了一串水滴，茱丽叶穿过公寓去拿椅子上的浴巾，然后闭着眼睛，慢慢地把自己擦干。干净而柔软的内衣总能让她安心。

她想起女王的建议："千万不要穿新衣服。"

我想穿我的旧慢跑裤，但我穿它时腰看起来有两尺。

她穿上最喜欢的内衣、旧牛仔裤、女王给她的橙色丝绸衬衫，希望衬衫能带来好运气，梳起头发，盘成发髻。

无论怎样，三分钟后，我将对一切失去控制。

"唱诗班在唱《感觉不错》。我们希望您感觉不错，而且今天是周五了。"爽朗的记者哼唱着。

茱丽叶稍微笑了一下。这首歌是一个信号，约会会进行得很顺利。而且，这天是圣康斯坦日。

她抓起一只大包，往里面随便扔了另外两件紧身上衣、一支口红、一小瓶香水、一个本子、三支原子笔，一部手机、一板巧克力。她看着在地板上打架的那十几双鞋子，在米色和黑色之间犹豫，选择了最显腿长的那双：她那双恨天高红色高跟鞋——女性化而且不舒服，马克斯会说。

她抓起壁炉上拉贾斯坦邦雪山的明信片，这张明信片昨晚才寄到。“不是我们造就了旅行，是旅行造就我们，打垮我们，创造我们。象神、湿婆和这里所有的神都陪伴着我。这个国家里，人们编织茉莉花环献给神明，我呢，我编感恩花环的时候想着我爱的人。Yaniké Shandoshan bano：我很快乐！别担心，我的茱丽叶，我没有沉溺在神秘的狂热中。三个月后见。亲亲。卡拉。”

茱丽叶把明信片丢进包里，抓起一件长袖毛线开衫，出门的时候摸了摸她来的那天挂在公寓大门门框上的经文盒，下了三个台阶，又上楼回到公寓，把平底人字拖扔进包里，摔门，滚下楼，忘记关前院大门，又回来，撇了单身公寓楼一眼。

再见了姑娘们！我，我不想放弃爱情。

- 22 -

今天，西蒙娜脑袋里想着两件事情：有一条女王的大桌布要洗，还要和她的儿子碰面，她很想和儿子说说话。她已经想了好几天了。这天早上，她已经在迭戈工作的洗衣店的橱窗前来来回回了三趟。进门之前，她平复了一下心情。

他面前有一大堆衣服。他看到她进来，看到她威严的神情和紧张的步伐，疑惑起她来的原因。

“早上好，我的儿子。”

“妈妈你好。”

通常，她都会叫他“小小兵”，但当要说严肃的事情时，她总是叫他“我的儿子”。

“我很伤心。”

“我有点忙。你看到了。”

“别担心，我有时间。”

西蒙娜不是那种传统的母亲。“边缘人”，当她惹恼他或者想要伤害她的时候，迭戈就会这么称呼她。“有你这样的榜样，你要我怎么回归社会主流？”

她到处拖着他。他们一起经历了搬家、重新粉刷公寓、换工作、战战兢兢走钢丝的月末、对图书的爱好和一些冲突。他们争吵，但他们也相爱。

她不能忍受他们生彼此的气太久。于是，她总是迈出和解的第一步。他比较易怒，更倔强，更像阿根廷人。

她在塑料椅子里坐下来，看着儿子工作。他的动作细致而准确。当他把七号洗衣机里的衣服拿出来，俯身朝着塑料篮子的时候，她开始了。

“你还在恨我吗？”

“对。”

“我们聊聊吧。”

“现在不是时候。”

“永远都不是时候。”

她想要帮他清空洗衣机，但她不敢和他提。于是，她等着，看着他。

她总是问自己，这么平凡的自己是怎么生出如此高贵的儿子的。好一阵子，她都很难应付快到六十岁的日子了。

没人会把他们当成母子，她告诉自己。她，灰色的短发，素颜，男性化的长裤，随便烫烫的衬衫，并不能让她显得年轻的球鞋。他，挂在胯上的牛仔裤，手肘破洞的白色T恤。他长得像李维斯501广告里，在主妇讶异的目光中站在洗衣间里脱衣服的性感英国人。争吵的导火线在他发光的黑色眼睛里熄灭了，他生来英俊。他像匹骏马，和他爸爸一样。

终于，他在她对面的椅子上坐下，坐在烘干机和压光机中间。

“每次我有女朋友，我都不能把她带回我妈妈家。这次，和劳拉，我是认真的。我非常坚持。她会觉得这很怪异。”

“劳拉觉得，劳拉说，劳拉做的猪油火腿馅饼没人能比。”劳拉的意见变得重要，西蒙娜想。她第一次看到自己的儿子用欣赏的眼光看待一个女人，这让她的肚脐有种奇怪的感受。

“你们一直这样疯狂吗？你们害怕男人还是什么？你一个男人都留不住。连我爸爸都留不住！”

他站起来，从压光机里拿出床单，继续边说话边工作。西蒙娜寻思着是谁教他这样折床单的。反正不是她教的。

“那，那些都算什么，小时候你让我看的那些爱情电影，你还和我说：‘亲爱的，你看，多美啊’？”

他又坐下了。

“你在那里住了多久了？”

“十年。”

“十年我都不能去你家，好像我是个贱民。”

这是真的，西蒙娜想。我有一个很棒的儿子，却连请他来我家玩都做不到！女王夸张了。她可以给他破个例吧！她不懂，她没有孩子。我可能应该搬家。

“这一片都在讲你们，”他又说，“那我们要继续这样过吗？”

“我不想再说这个了，迭戈。”

“男人的爱给你带来了某些东西。我就在这儿，我就是！”

“我的生命中有很多了不起的男人。第一个就叫迭戈。还有费尔南，你的外祖父，我非常欣赏他。还有一些朋友……”

迭戈打断了她。

“那你为什么要放弃？”

“我没有放弃男人。我只是不想被指指点点。”

两个女客人回来了。

“‘每个人都待在家里，奶牛就能看好了’。”西蒙娜接着说。

“关在公寓楼里吗？那个什么公寓楼。”

“单身女子公寓。”

“被一个什么疯癫的‘女王’当作人质一样圈着。”

“我们很自由。房客都是自愿的。楼也不是摩天大楼，只是一栋小小的公寓楼。五个女人，还有一个没完全放弃。对于全世界的所有女人来说，这只是很小一部分，不是传染病。”

女客人们走近。

“没有男人的笼子！要是我，就往里面喷杀虫剂！”

“夫妻并不是唯一的模式。还有很多其他幸福的方式呀。”

女客人们盯着轻柔模式洗衣机里转动的衣服，耳朵朝西蒙娜竖起来。

“我来和你说说男子单身公寓的故事。”

“这个，不可能。我一秒也不相信。”

两个女客人表示赞同，眼睛紧盯着她们的小内裤和胸衣。

今天，迭戈和西蒙娜之间没有温情。也没有意料之外让她脸红的幸福，比如当他的大儿子突然把她抱到怀里然后对她说：“我们抱抱吧，妈妈？”

“我希望你得到一份美好而伟大的爱情，我的儿子。如果你真的喜欢劳拉，别犹豫太久。‘总是说不的人，永远没法结婚’。”

“说谚语，你永远都是冠军。你，你就一直都没结婚。”

“没有人向我求婚啊。”

“但是缺少的不是男人啊。现在，我要工作了。我有十二对床单和旁边餐馆送来的一百二十五条毛巾要折。”

西蒙娜走了，在街上走了几米。餐厅的一百二十五条毛巾让她想要把孩子带去餐馆面对面坐着吃一个四奶酪披萨。面对面，之间没有脏衣堆，也没有单身公寓楼。她回去，推开门。

“今晚我请你吃晚餐。”

- 23 -

他走了一百步，寻思着她会不会来。他害怕文字上的情节发生在真实生活中，女孩子似乎在等他决定行动的方向。如果他要展现“男友力”，他需要明确的信号才有信心。他应该和她聊些什么？他希望她声音好听。上一个女生的声音像科米蛙。他应该穿那件米色卫衣，他决定扔掉的那件。穿那件会比穿这身工作时穿的西装自在得多。但他没时间回家换衣服了，他不想要女孩等他。她迟到了。她可能不会来了。他决定再给她五分钟时间，然后他发现远处有一只松鼠头，戴着耳机，踩着恨天高的红色凉鞋。

茱丽叶早下了两站。边走边听“从容”歌单，这些歌可能会让她平复心情。但并没有。冷汗。餐厅门口，一个男人在看手表。深灰色西装，白衬衫。打蜡的威士顿皮鞋。

这应该就是他了，他写过他收藏英国皮鞋。他长得不像发给我的照片。他本人更高。他站得很直。他看起来很自信。可能他习惯了吧。我在干什么？我去，还是不去？

茱丽叶紧紧地捏着口袋里的巧克力布朗尼，准备好随时回头。

“我在等一位‘刁蛮公主’。您不会刚好就是吧？”

茱丽叶感觉自己脸红了。

“不……嗯，其实……嗯……我叫茱丽叶。”

我在做主角试镜，但我没有拿到台词本。

“那‘刁蛮公主’是别人吗？”

“我不喜欢这个昵称，是我朋友马克斯帮我取的。”

我干吗要提到马克斯呢？

“你说得对，我叫罗伯特。”

我就觉得你的脸看起来就不叫祖祖。

“来的路还顺利吗？”

“我弄错了地铁线，我有点走神。”

额！骗子。

“但是您还是来了。”

“是马克斯坚持要我来的。”

我的天，我太蠢了！

“谢谢你，马克斯！”罗伯特边接茱丽叶的话，边寻思着这个她提到多次的马克斯到底是什么人，“我想要知道什么人躲在这个美丽的句子后面：‘一步接着一步，一次接着一次的碰触，发现彼此，就像慢慢绘成的图画，慢慢显色的照片。’这总不会是马克斯写的吧？”

“马克斯是我最好的朋友。”

罗伯特从皱巴巴的小包里拿出一支烟，也递给她一支。她已经有好几个月没有抽烟了。她吸了一口就开始咳嗽。

你提了“刁蛮公主”！

他们站在人行道上，没有说话。没有尽头的沉默。他们身边的人来来往往。有人经过，超过他们。

肯定有人在哪里等他们。有人有些什么话要和他们说。

茱丽叶观察着祖祖-罗伯特。

我能看出来，你在犹豫要不要请我喝一杯瓦坡里切拉红酒，或者请我吃一份你在屏幕后面心潮澎湃地聊到的核桃酱意大利宽面。

他摸着下巴和脸颊。他感觉自己好赤裸，一丝不挂，无话可说。她越看他，越发现这是个又高又瘦的男人，戴着眼镜，仔细修剪的胡子，对自己充满自信。

你那个要留三天、赋予你迷人的士兵魅力的胡子去哪儿了？

他，他幻想的，是一个温柔的女孩，牵着他的手。有自信的人让他害怕，热情洋溢让他想到自己的母亲，一个精力过剩、总是让他感觉不自在的女歌唱家。他猜想着这个穿着鲜艳的橙色低领衬衫、头发随风飘荡、踩着恨天高的电影狂人对所有电影中幸福的相遇场景都了然于心。那他永远都无法达到她内心的期待。

她，她想要的，是一个令人既安心又激动的男人。一个冲动的男人，一个会把她推到门上热烈拥吻的男人。不是一个一百一十米栏选手。当身体狂喜、道德感被抛到九霄云外时，她要的不是一个没了新鲜感、只顾长跑的马拉松选手。一个人道主义的伐木工人，《小小的白色谎言》里豁达的牡蛎养殖者，一个热爱遣词造句的葡萄种植者。一个让她着迷的人，让她笑的人，让她离开地球表面的人。茱丽叶叹了口气。他看起来真严肃，罗伯特。像下雨一样无趣。

我的费洛蒙了无兴趣。他没有那种让我的费洛蒙跳舞的节奏。

她仿佛听到马克斯在她耳边说道：

“等一下，我的茱丽叶。不要匆忙下结论。你有太多成见了，抛开它们！”

马克斯，闭嘴！

“让你自己去吧。听听他给你演奏的小曲。再多了解一下。”

你可能是对的吧。他的眼睛是绿色的，我还看到他烫得无比平整的衬衫下面有一件小帆船T恤。

“我觉得我还是一个人吃晚餐好了。”

十一个音节猛地打断了茱丽叶刚刚下的决心。

“但，为什么？”

“没什么感觉。”

那个八岁的小女孩，那个人们用橡皮一擦就擦掉的小女孩，又出现在人行道上，揪着心，空着肚子。

我说话的方式不对。我穿得颜色不对。这件衬衫没有给我带来好运！我应该想想的，这件衬衫完全过时而且还太紧！我又不高，又没有神秘的气质。我永远都不会有纤细的脚踝。高跟鞋一点用都没有。吸引男人的能力隔代遗传，跳过了我这一辈人。我不可爱！现在，我就要回到公寓里，去找人字拖穿上。天使放弃我了。显然如此！

茱丽叶把手深深地伸进口袋，抓出碎了一半的布朗尼，一口吞了下去。又从包里翻出了那板糖渍橙皮屑巧克力，撕掉包装，吞掉第一个方格，然后第二个，第三个。她吃掉了整板巧克力。

她坐在人行道的边缘，脱掉高跟鞋，揉揉疼痛的脚踝，穿上人字拖。她决定不坐地铁，走回家。

回单身公寓吧。对她们说永别还早了点！

- 24 -

每次都做一样的事情。一样空空的感觉。是时候拉开窗帘了，她只能自己去打开窗帘。她打开电视，又关上，站起来，来来回回，看看天，看看竹子，又坐下。她拿起扑克在桌子上玩。她把牌分成两堆，洗牌，切牌。然后玩单人纸牌游戏。总是一样的游戏。“时钟”。她把十二张牌排成一圈，面朝下。三轮。把最后四张放在中间。她翻过来一张。黑桃七。她把这张牌放在“七点”。她总是希望四个国王不要出现。她从来没有成功过。

女王有些激动。九点了！曾经，正是在这个时间点，她走入灯光，将自己奉献给观众，在舞台上翩翩起舞。三十年来，当夜幕降临，她就会头晕。整个白天都将她带向上台前这个令人激动的时刻：兴奋、压力、眩晕、第一步。现在，她过的每一个白天都在控诉这一时刻的缺失。

她重新开始一局纸牌游戏。但是国王又在她即将完成之前出现了。她收起纸牌，拍一拍侧边，又把牌堆在桌子上跺整齐，直到牌堆变得像豆腐块一样，才把它收回牌盒。她想到了自己的成功和失败，自己的艾斯牌和小丑牌。即使她试着与怀念保持距离，最后也总是不免伤感，而今晚特别严重。走马灯的夜晚。所有的回忆都盛装列队而来，宛如一场游行。

她想到了灯光师西蒙。她在巴黎歌剧院化妆室里的灯都是他装的。他知道想在镜子里显得好看需要什么强度的灯光。她从来没有忘记西蒙。她想到了阿尔贝，他为她做的鞋子完美贴合她的双脚。鞋板要硬，鞋底要软，鞋跟要粗。右脚与左脚的细微差别。他了解她脚踝到脚趾的每一毫米。

她又看到了伦敦城市芭蕾舞厅看不到头的走廊。在那里跳的第一晚她迷路了。她又看到了自己在柏林跳《睡美人》时第一节第三个动作跳错的那步，看到了众目睽睽下自己竭尽全力弥补失误。她又看到了《年轻人与死亡》里的双人舞步。和舞伴如此亲密的一致，感受对方身体哪怕最微小的悸动，分享彼此的能量。她又看到了自己在《罗密欧与茱丽叶》里的独舞。巨大的舞台上，跟着她的聚光灯让她仿佛身处另一个时空，连跳、越步、单脚旋转。她是千百双眼睛的中心。一种可怕的责任感。如果她不入场，今晚就没有演出。观众几个月前就订了票，梦想着这一刻的到来。他们因为一个传说而来——“斯黛拉的传说”：世界上唯一一个闭着眼睛完成独舞的人。在一种催眠般的附体中，她成了一朵迎风的花，一只鸟，一支跳动的火焰，当她回到现实，掌声雷动。每晚，她都在刷新自己的名声。每一次，都必须无与伦比。

她又看到了她成名的那个晚上。《仲夏夜之梦》的结尾，整个大厅都站了起来。她向前，向观众致敬。歌剧院的经理从幕后走出来，手上拿着话筒，走到她的身边。“我们与舞蹈负责人达成了共识，我很荣幸地宣布，命名斯黛拉小姐为名伶。”永远向更高的地方走去，将自己置于危险的境地，赢得所有比赛，从群舞、到独舞、主舞、首席。她有天赋又坚持。她沉迷舞蹈。这天，是颁奖仪式。她信守了对父亲的承诺。

*

现在，她一个人坐在巨大的红丝绒沙发里。再没有人阿谀奉承。她也不再优雅。不再轻盈。她不再是一个小女孩。她不再是仙女。她是一只翅膀插了大头针的蝴蝶。

她的目光落到了右手边五斗柜的第三个抽屉。一个月前，她已经整理了最下面的抽屉，里面有剪报。她当时没整理上面那个。她知道里面有什么。她知道打开那个抽屉毫无意义。即使时不时地，她还是会打开那个它。最近，打开得更频繁了。她站起来，拿上 iPod，按了五次，找到那首曲子。她调了调音量。德彪西的《月光》倾洒在房间里。她打开抽屉。回忆继续翻涌而出。里面，是成百上千的卡片。随着花束而来的卡片。她随意拿起一张："每晚，您都让我的目光无比享受。您把我迷住了。爱德华。"无论她到哪里演出，他都在那儿，第三排。她又拿起另一张："我看您跳舞的时候，一种疯狂的幸福攫紧了我。您是优雅和美丽的化身。可以邀请您共进晚餐吗？亚历山大。"爱德华、亚历山大、夏尔、于贝尔、米格尔、翁贝托、弗拉基米尔、大卫、杰克。所有人都在和她共度良宵之前苦苦追求了好几个月。永远都无与伦比。拥有魔力的美妙夜晚。

魔法、黄金、丝绒、灯光，都结束了。最后一晚，机械师也好，编舞也好，大家都离开剧院。追光灯灭了，帘幕拉上，管弦乐团不再唱了。人们把舞台上的地毯卷起来，脱下舞裙，卸妆。对她而言，明天晚上也是这样。没有观众。没有喝彩。也没有爱人在身边。太迟了。她选择了光芒。

她的手抚过这数不胜数的恭维和示爱，又关上了抽屉。和每次关抽屉一样，又有点不太一样。因为她犹豫着，把抽屉推到底，拿起小钥匙，转两圈，走到竹子边的平台上，对竹子们小声说了些什么，然后把钥匙扔向空中。她让偶然决定是否有人会捡到这把钥匙。

- 25 -

“不要问我约会的事。”茱丽叶一上来就警告马克斯。

“我什么都没说啊，”马克斯答道，“我在拷贝，正好休息一下。”

“我不想弄这些传说中的场景。不要叫我帮忙。”

“我是要去泡杯咖啡，问问你要不要。”

“对不起。我再也没办法看着他们谈情说爱了！”

“你的约会不顺利吗？”

“对他们来说多容易啊，对话都是写好的。我呢，我遇到的都是些蠢货，说什么‘要是我知道，我就不会来了’，还有‘我厌恶消遣’。”她边说着，边任凭自己滑进破破烂烂的皮质老沙发里。

马克斯注意到，书桌上有一支大卫星蜡烛。

“你，你又去监察犹太教堂了。”

茱丽叶做了个鬼脸。

“我当时很失望，我必须要原谅某个人。书的第五章：赎罪日。这是每个人给予自己宽容、表达自己爱意和友情的时刻。黄昏时候，天堂之门会重新关上，然后，再没有任何请求可以传到上帝那里，要再等上一年。”

“这，这是不在场证明。现在不是赎罪的时候，而你连信徒都不是！你是去那里看帅哥的。承认吧！”

她笑了。

“他们戴犹太小帽、披祈祷披肩的样子多感人啊。因为前一天开始守斋而饱受折磨的肚子，他们发亮的黑眼睛，他们的虔诚。”

马克斯温柔地笑起来。

“那你的原谅呢，你假装祈祷的时候，你是在原谅谁？”

“祖祖……其实叫……罗伯特。”

“为什么？他是钱包里装了海胆吗[1]？”马克斯边问着边坐到另一个沙发上。

“装了海胆？”

“对啊！就是问你，他没有请你吃饭吗？”

“没有！他把我丢在人行道上就走了。”

“然后他什么都没说？”

“没有。”

“茱丽叶！”

她抬起眼睛望向天空。

“他到底说了什么？”

“他跟我说：‘我觉得我还是一个人吃饭吧。’”

“很棒的电影场景啊！”

“你太过分了！”

“我，我很喜欢你！你是我的女神茱丽叶。我们应

---

1 法语中“钱包里装了海胆”指某人吝啬、小气。

该把那个男人涂上沥青然后粘上羽毛！”

他们爆笑如雷，笑到眼睛里都是泪。

“我们笑归笑。我的感情生活还是撒哈拉大沙漠啊。”

“你还记得第一个吗？……你怎么叫他来着？”

为了给自己勇气，她把这件事情看作一个游戏。她要在约会结束之前给自己的追求者找到一个昵称。

他四十岁，没孩子，也从来没有和一个女人一起生活。好几周来，他都在给她寄无比细腻的散文，他署名“诗人”。茱丽叶被他的文字吸引了，“……这部分我们还留有的天空，被电灯照亮的天空，夜晚、野性而不可剥夺……”她同意与他见面。但只是喝杯咖啡，而且要在公共场合。

她穿了深紫色的连衣裙，丝绸短袜，鞋跟荒谬的鹿皮浅口皮鞋。出发前，她摸了摸让-皮埃尔，又在厨房里喝了一杯白葡萄酒。

她在楼梯上遇到了罗萨莉。

“好美噢。”

“我有约会。”

三十一岁，做修女还太年轻了。

“祝你好运，我的茱丽叶。深呼吸。打开你的查克拉。”

他在小酒馆深处等她，穿着一条难看的裤子——这条裤子买的时候应该是褐色的——凉鞋里是一双米奇袜子，背心外套，短袖衬衫敞开，露出洁白无毛的胸口。

“您好，您是公主吗？”

“那您是诗人吗？”

他长得像巴黎圣母院上面的滴水嘴兽[1]。内在美很重要，但外貌也不能这样吧！

“您想喝杯咖啡吗？”

“好的。要一杯浓缩咖啡。”

而且我很快就走。

---

1 滴水嘴兽又称“石像鬼”，是建筑物的输水管道喷口终端的一种小型雕饰。

“诗人”说了些什么，声音几乎难以辨认，没有任何抑扬顿挫。茱丽叶必须要移到椅子边缘才能听到他在说什么。

“您要加糖吗？”

一个打扰人的气味钻进了他的鼻子里。

我闻过这个味道。

每次他说话的时候，她都前倾，然后立刻后退。

马克斯姑姑的客厅，她从来不给客厅通气，因为她害怕穿堂风会吹走小东西。你，我要叫你“樟脑丸”！

然后，他向她承认他说所有的邮件都是克里斯提安·博班的东西。

“啊！”

内在美也没了。

“我不想再对你撒谎了。”

还是个穿凉鞋的骗子！

他想要再坐一会儿。她审慎地说：

“不了，谢谢。我还有别的事情要做。”

“我绝对不会忘记他。邮件里，他给我寄来的都是抄袭克里斯提安·博班的《男人-快乐》。还以为是什么样的快乐！结果一看真人：穿米奇袜子的滴水嘴兽，闻起来像你姑姑的客厅！樟脑丸！”

“换个目标。忘记完美男人，”马克斯喊道，“选一个简单一点的东西。比如说钩织的巨大床罩。”

“那就不算个目标了，只是个安全牌。”

“那你公寓楼里的女生，对她们来说这一生有安全牌就够了吗？”

“对呀。她们不再想要被人喜欢，一切就都不一样了。”

“她们可能想要讨女生喜欢吧？你确定她们不会勾搭你吗，这些‘放弃爱情的人’？”

“她们不是同性恋。她们也不是修女。她们选择了另一种生活方式。她们很美，很有趣，很大方，很有活力。她们也会玩耍的。这让我思考。有时候我甚至会有点羡慕她们。”

“我的茱丽叶没有男人了！那简直是没有马龙·白兰度的《教父》，没有哈里森·福特的《印第安纳琼斯》……”

“我嘛，我倒更希望你说没有罗密·施奈德的《茜茜公主》。你明白吗，马克斯，我只是希望遇到某个人。不要预见，不要知晓。要真实生活中的一个惊喜，而不是网络上的购物。太可怕了！网上有大胖子、假诗人、会计专家、心理变态、性变态、不想浪费时间的老油条。还有只想要被照顾的人。有人利用匿名制，通过陌生人来作弄他们的老婆或妈妈。现实生活中受压抑的人通过文字放飞自我。有人用诱人的描述把自己放在热销榜第一位：‘马克，巴黎人，单身，四十岁，一米八五，帅哥，爱阅读。’其实是波罗，住在安东尼的小屋子里，五十七岁，已婚，四个孩子，贪婪地吞下家乐福的试吃品和新电钻-车床的说明书，头像是自己侄子的照片。还有人把自己的人生解剖给你看，叫你亲爱的，二十秒以后到处给你发‘亲亲’。二十四小时挂在线上的人，随时等着跳出来的信封。有的人对这个系统着了迷，真的有了男女朋友还继续吸着这个毒——‘别担心我的心肝宝贝，我只是在论坛上和朋友们聊天’。还有说谎成精的人。还有给前任下套的偏执狂。还有长期意志消沉的人。沉迷的人、说谎的人、神经病……各种各样的精神失常。所有人都被混在一杯鸡尾酒里，组成神经官能症的加速器，这就是二〇一三版的《飞跃疯人院》，还没有尼科尔森！很少有人想要参与其中。当你终于想要认真从里面找到一个意中人，而且你相信能找到时，你的期待就到了最高点，再不顾别人，然后立刻又重新跌回谷底，上升得有多快掉下来就有多快，然后就这样，一轮结束了。他不用受任何处罚，就这样消失了。网络，这不是人生。就好像我们打开一罐沙丁鱼就能在里面找到爱情一样。它是彩票，我有一亿三千七百万分之一的几率得奖。”

她站起来，推开文件，在架子上找，在书桌下找，在包里找，在口袋里找，抓起她扔到地上的纸，大嚼巧克力，闭上眼睛。

马克斯痛心地看着她焦躁。看着他美丽的茱丽叶如此空虚的状态，他非常有感触。她的妈妈怎么能从来没有把她拥入怀中？他看到一张学校的照片：她那时候很可爱，让人想要抱抱她。她小心翼翼地保存着这张照片，她童年时期唯一一张照片，因为她的父母从来不给她拍照。

“你应该试着控制自己的食欲。”

茱丽叶大叫：

“闭嘴！你这话说得像个人发展训练营里的导师。控制食欲，简直是蠢话！”

吃东西的欲望，会吞噬一切！

长时间的沉默。可以听到远处飞机的声音。马克斯看着蜡烛，看着屏幕上的画面，看着他不敢收拾起来的撕碎的纸。

“我有两张周五爵士乐团的票。你愿意陪我去吗？”

- 26 -

女人们一个接着一个，走上了通向最高层的楼梯。和每周一样，她们重聚在这里，一起享用例行周日晚餐。世界上什么都不能阻止她们此刻的相聚。谁也没立下这个规矩，但她们总会打扮得很漂亮。总不能穿得破破烂烂的去女王家吃饭吧，西蒙娜说。不过，对她来说，优雅是最后才要考虑的事。

她们轮流做饭。让-皮埃尔知道公寓楼的惯例，早早在厨房里找好位置趴下来。他看着吉斯皮娜，眼睛半睁，希望她选一块佳肴奖赏她的朋友。

“番茄……茄子……帕玛森奶酪……完美！[1]”

每一次她说话的时候，让-皮埃尔都会用尾巴在地上扫来扫去，好像在表示赞同。

西蒙娜透过玻璃窗对竹子说话：

“不要让我们看到你开花，漂亮的竹子们，女王不能接受。”

“闻起来太香了！你在给我们烧什么呢？”茱丽叶刚到就问。

“西西里式惊喜。”女大厨边挥舞木头勺子边大声宣布。

茱丽叶在拍她。三十秒的生活，加上几个月来她收集的瞬间：女王单脚点地随便转了一圈，罗萨莉对太阳打招呼，让-皮埃尔像米高梅电影片头的狮子那样咆哮，西蒙娜模仿抹大拉的马利亚。

“吉斯皮娜万岁……真香！”电影人点评道。

---

1 原文为意大利语：perfetto。

总是女王摆餐具。“皇家待遇”，她有一次对大家宣布。这晚，女王铺了一条白亚麻桌布，上面撒满了玫瑰花花瓣，摆上了威尼斯水晶的高脚杯，两只雕花银碗里浮着蜡烛。中间，她总是会放一个舞者的照片。没人敢问她那是不是她的情人。

除了主人女王，座位都不固定。罗萨莉和西蒙娜围着她。吉斯皮娜坐在厨房旁边，茱丽叶坐在她对面。让-皮埃尔跳到最后一张椅子上，自己转了三圈，然后十分满意地趴成一长条。墙上是“疯子”，在自己的相框里，看着她们。

吉斯皮娜高声地读着红酒瓶上的标签。

“不可抵挡，克鲁瓦庄园，特级酒庄，口感丰富，果香浓郁。”

她摇摇酒瓶。

“深红色泽，紫色光泽，醇厚的黑加仑香气。他还是很宠我们的。”

“谁啊，这个他？”茱丽叶问。

"女王的匿名仰慕者咯！他每个月都会送一瓶不同产区的来。"

女王补充说：

"圣爱、神之水、玛基娜尔、六升瓶、达穆磨坊、西莫奈特庄园、神秘城堡……"

"他很了解你哎。"茱丽叶说。

西蒙娜举起酒杯。

"'爱情是醉酒，是疯狂的混乱。[1]'"

"我们敬什么？"

"敬巴黎单身女子公寓。"

"敬我们。"罗萨莉说。

"敬我们。"她们五个举起酒杯一起说。

"敬我们。"这几个字在茱丽叶的脑海里回响。

离开公寓楼之后的生活会是怎样的呢？没有"周日的晚餐"。我会重新回到寂静中。圣诞节，卡拉就要从

1　十九世纪法国诗人弗朗索瓦·蓬萨尔（François Ponsard）的诗句。

印度回来，重新回到这间公寓里。而我呢，我要去哪里？和谁一起？马克斯会去滑雪。我的爸妈总是两个人过犹太新年、普林节、住棚节、新年，所有的家庭节日，甚至所有的天主教节日。他们说，这是一个传统。

吉斯皮娜端来碟子。芝麻菜上，山羊奶酪和糖渍番茄用橄榄油、蒜和牛至调香。

“你能把盐递给我吗？”茱丽叶伸出手问西蒙娜。

“不能用手递盐！”女王惊叫，“这会带来噩运。”

然后她和罗萨莉交换了一个默契的眼神，她们都对迷信有某种喜好。

“似乎如果一个人能列举出白天经历的三种 kif，就能活得更久一点。”罗萨莉接着说。

“三种 kif？你能解释一下这个词吗？”吉斯皮娜问道。

“一个 kif，就是一种小确幸，一个美好的时刻。我有一个新学生。他长得像让·罗什福尔。”罗萨莉继续悠悠地说。

“是现在的罗什福尔，还是二十年前《理发师的情人》里的罗什福尔？”

“二十年前的。”

“然后呢？”

“我感觉燥热，心绪不宁。我让他做了斯芬克斯式。”

“他和那个演员一样迷人吗？”

“对。”

“然后呢？”

“我做了鹭式，我闭上眼睛，又平静下来。”

“你们不觉得茱丽叶来了以后，我们总在说男人？”

所有人都笑了，除了吉斯皮娜。西蒙娜转向茱丽叶。

“对啊，你进展如何？”

“我还在探索。在这里，我很好，身边都是美丽的人，能闻到烤面包的香气，早上能在楼梯间里听到巴赫，让-皮埃尔从一间公寓跑到另一间……”

“你想过街区里的男人吗？”

“勒鲁瓦兄弟还是单身。”

“问题在于选择。”

“你穿灰色围裙在五金店柜台后面应该还挺可爱的。”

“每周六会去看橄榄球。”

“够、了！”吉斯皮娜大叫，“我们可以聊些更有意思的事情。感觉男人真成了你们的新话题。你们被传染了还是什么？卡拉，她什么时候回来？”

吉斯皮娜的爆发后是沉默。茱丽叶把鼻子埋在芳香四溢的红酒杯里。

她可能是对的。比如说，谁会关心女王呢？她让我们住在这里，几乎不收房租，每周日精心招待我们，像个大女人一样独自受苦。她以后会怎样？我离开以后，会怀念红沙发上的点心的。

忽地，茱丽叶举起酒杯，大声说：

“敬女王！”

一道感激的光芒，甚至类似于一种温柔，在至高无上的女主人眼中闪过。

然后，对话又重新开始，她们谈论起了她们轮流读的曼德拉的传记，然后又聊起了甜点：焦糖烤无花果，配盐花、四川花椒、香脂醋。

女王站起来，走了几步，然后打开自己的 iPod。

长发垂下如黑夜

音乐在腰间

这首爵士在黑暗中摇摆

这痛苦让我快乐

莱奥·费雷在唱《非同凡响》。

她迈着僵直的步伐回到桌边。西蒙娜、吉斯皮娜、罗萨莉和茱丽叶移开目光。她站着，笑着看着她们，什么也不说。她们都沉默了，她也是。只能听到歌声……

非同凡响

玩彩虹的双手

在人生的吉他上

然后叫声升到空中

就像祈祷的香烟

女王打开桌布下的一个抽屉，满是皱纹的手从里面拿出四个包着午夜蓝绸缎的盒子。她一人给了一个。她们发现普列玻璃下许许多多天空的照片。从她们的公寓楼里看到的天空，一年中和一天中不同时刻看到的天空。每个人都有一片不同的天空：橙色的天空、湛蓝的天空、泛白的天空、布满星星的天空。

“谢谢你们在这里，分享我的生活。”女王郑重地说。

她重新坐下，然后把歌唱完。

非同凡响

皮裙好像遗忘

不故意有什么魅力

而里面如同阴郁的早晨

一个姑娘摇摇晃晃沉默不语

非同凡响

忧郁蓝调乐团摇摇晃晃

这扩音器没有任何意义

在沉默的音乐中

一个姑娘摇摇晃晃走向消亡。

一只熊蜂飞进客厅里。女王看着它，但是这次，她没有捏它。她让熊蜂停在灯罩上。

- 27 -

罗萨莉步行回家，为了有时间呼吸呼吸初冬的新鲜空气。她在拉维那实习，一个印度大师，来巴黎教“冥想的二十一步”。让她觉得有趣的是，在西方，瑜伽是女性的领域，其中的大师却好像都是整天吃苹果的男人。禅修与诚实不可兼得？她，她到第十二步的时候就很难不睡着了。

她发现人行道上对面有一个背影。她的心咚咚跳起来。她想和他相见。那个身影已经转过了街角。她尖叫。

“弗朗索瓦！”

男人回过头来。当然，不是他。叹了口气，她慢慢地沿路而上。

回家路上，她走进孢子甘蓝蔬菜店，买了一只室外养殖的鸡、一块双粒小麦面包和一些绿茶。尼柯拉在柜台边。她给罗萨莉选了些椰枣。

“五个或七个……我知道，你很信这些，”她抱怨道，“我知道你不喜欢的数字……数字六，就是不吉利的……数字八有点原地打转的意味。我再给你加一颗花菜，一个脆皮糖糕。”

“谢谢你，代我向莫妮克问好。”

“替我向女王致敬！”

罗萨莉经过书店，用笑容回应勒鲁瓦兄弟的手势，然后遇到了桑特瑞一家：埃尔韦，他爸，他妈，他姐姐，他姐姐的大只白色绒球鬈毛狗。当她到院子门口时，窗帘打开了。她只来得及看到巴泰勒米满是皱纹的手，然后窗帘又合上了。

她拿起门口五斗柜上的信件。两张发票。一张明信片。她数着台阶爬上四楼，想赶走脑海里的明信片。她用屁股推开门，然后走向厨房，手里满是买来的东西、信件和装着瑜伽服、瑜伽垫、熏香的大布包。她想在厨房桌子上找到早上放在卧室里的那本书。那会是有人和她一起生活的证明。但什么都没有移动。在她家里，从来都没有任何东西被移动！

她想要做一道柠檬鸡然后邀请吉斯皮娜来一起吃，自从她的哥哥们告诉她假期不能去见自己的女儿，她的目光就一直有点暗淡。或者邀请茱丽叶吧。她会让她们深呼吸。她边笑边想象那个在她身边围聚起来的小世界。

她敞开窗户，看慢慢降临的夜幕和小巷里房子的灯光。她知道明信片就在那儿。不远的地方。她不想马上就读。

她想到了自己的父母，拉布隆特一家。很快就是他们的结婚纪念日了。四十年，翡翠婚，而他们对彼此还是有着一样温柔的动作。他们的爱几乎是电极与电极的吸引。她以为她和弗朗索瓦的爱也会一样。

她抓起明信片。正面，是无限延伸的平原，尽头是一间浅蓝色的木头房子……她把明信片翻过来……当然是他！上一张是三个月前了。她的心跳得更快。五年了，她再也没能让自己的目光深埋在那双和这间小房子一样蓝的眼睛里。他没有给出解释。他没有说再见。她改变了自己的生活，但是她从来没能忘记他。弗朗索瓦是第一个吻她的男孩。闭上眼睛，她立刻就能感受到那个吻的滋味。樱桃的滋味。他们在靠近彼此之前吃了一把樱桃。她多么爱他啊！没有思考，没有条件，没有意识到自己那么爱他。那时候，她觉得好男生像花一样到处生长，只需要弯身就可以采一朵。其实，不是这样的，她再也没能遇到下一朵美丽的花。她好像一朵都没有看到？

他甚至不知道她住在这栋不同寻常的公寓楼里。她从来没有试着回复他。说什么呢？指责他吗？向他解释她巨大的不幸？有什么用呢！他之所以逃跑，就是因为他没有别的选择。这些年，她终于明白了，即使她没办法原谅他的怯懦。

和他一起，也只有和他一起，她才想生活，才想生小孩。那时，一切都很完美。他把他们的幸福狠狠踹开。幸福很罕见。它有时候会来，但未必永驻。

看明信片的晚上，弗朗索瓦又让她痛苦地想念。于是她用羽绒被裹住自己，裹得很紧，把自己的肚子贴在床上，揪住床垫，就像抓住救生板。

他走了，她知道他不会再回来了。所有的剪刀和拖把，小东西和迷信，都没有用。但是她坚信自己会再爱一次，真正地、疯狂地、打开自己的心。第二次会充满谨慎、害怕、保护。太近了？太远了？没有皮尺可以测量与喜欢的人之间应该保有的正确距离。

然而，住在没有男人的单身女子公寓，安慰瑜伽室的丽娜们和游泳池的特里斯坦们，种树，和闺蜜们喝茶，有男人让她意乱情迷的时候就闭上眼睛，归根到底，这不是办法！其他人怎么办的？她们也会犹豫吗？她们也会回想起桑拿间里低沉的嗓音吗：“日复一日的欲望太美妙了……想到可以在我选择的、对我说‘我愿意’的女人身边终老就无比幸福。”还有，茱丽叶是对的吗？“爱情就是蜂蜜”。有时候她想要把弗朗索瓦寄来的所有明信片都扔进垃圾桶里。

但是如何做到此生都放弃男人呢？她没有在图书馆里找到指南。

- 28 -

他们去音乐会时迟到了。茱丽叶非常想躲在羽绒被里一睡不起，忘掉她没有明天的约会。马克斯也忙到了最后一分钟，当她试着告诉他她不想去了，他什么都不想听。

“通常都是你提议要吃喝玩乐的。你不能让我一个人去。再说了，去新晨音乐厅听‘俯卧撑’乐队，谁会拒绝这个邀请啊。”

“冷。”茱丽叶嘟嘟囔囔，脸埋在毛衣的烟囱领子里。

“对啊！所以要来跳舞，不要晚上八点就戴上睡帽了。”

马克斯是她的支柱，她不想拒绝他。

“好了！好了！我来了。”

音乐厅消失在没有光亮的路上，但是茱丽叶很喜欢这个地方，因为这里的设计灵感来自纽约爵士俱乐部。小厅看起来像一个没有完成的库房，但是最伟大的演出都在这里进行。人们可以闭着眼睛走进去，总是会有美好的惊喜。

走廊红色的墙上，贴着神话音乐会的海报和西德尼·白塞、莱昂内尔·汉普顿、约翰·柯川以及其他顶级乐手的黑白照片。装修有点让人疲惫，也没有多大的空间，但是乐手和听众只会感觉靠得更近。当气氛热烈到某个程度，人们就会推开椅子开始跳舞。

通常，茱丽叶去那里都会很开心。今天，她挂在吧台的高脚椅上，漫不经心地看着四周。她的目光落在一个熟悉的男人轮廓上。他很高，穿着一条柔软的裤子、一件圆领大卫衣和一件旧皮夹克，袖口有些裂缝。

“你想喝点什么吗？”马克斯问。

“你觉得他们有格罗格酒吗？”茱丽叶回答道，没有看他。

她坐在高脚椅上。这个男人一动，刚来的那群人她就只看得见一半。是肩宽吸引了她的注意力。他似乎为了成为钢琴搬运工而生。

“你在干什么？你要掉下来了。”

搬运工回过头来。他温柔的目光和他巨大的身型形成了强烈的对比。

她把手放在马克斯的手臂上。

“还好吗？你好像发现了什么。”

“很奇怪，我认识那边那个男人，但是我说不出我在哪里见过他。”

马克斯大笑。

“你现在有幻觉了吧。是不是发烧了！”

我确定我在哪里见过他。

“我们走近点，要开始了。”

舞台上，一个融合了七个乐师和歌手的乐团登台了。他们中的一人拿起了话筒。

“我们要向你们讲述一个受欢迎的男人的一天。他坐在电视前，想着每一个影响了他的人生、希望和怒火的选择……欢迎昆西先生！”

吉他的连复段、长笛、狂躁的合声器、爵士歌手安抚人心的声音和乐队的能量打消了茱丽叶最后的迟疑。她从自己的高脚椅上下来，开始跟着音乐节奏原地扭动。

“太美了！”搬运工边看着茱丽叶脚上系着红色缎带的深紫色麂皮高帮皮鞋边说。

恋足癖？

“谢谢！我从伦敦带回来的。当时只剩几双了。”

“罕见，很适合跳舞。”

“我无法抵抗，我太喜欢他们的音乐了。”

“他们是很强。”

啊对，我知道我在哪里见过他了。

“告诉我……您家里不会刚好有双我的鞋子吧？”

搬运工笑了。

“有可能。”

“那……您觉得鞋子好了吗？”

“您记得票据上的号码吗？”

“嗯，不记得，但是……”

“那就要来我们店里。”

“所以是了，您是我的鞋匠？三兄弟路上‘阿喀琉斯之踵’的鞋匠。”

他把身子俯得很低。

——我叫让，是您的鞋匠，我拜倒在您脚下。

一个喜欢“俯卧撑”乐队的鞋匠。哇哦！

他们开始聊昆西·布朗和他形而上的问询，聊可能在讲述他的人生的电影，聊这首在爵士、摇滚和乡村之间自在游走的乐曲，聊他们都常来但从来没有碰到彼此的新晨音乐厅。

马克斯靠在墙上，手拿着酒杯，看到自己的朋友笑着回答大个子的问题。他靠近他们。

“嘿，我要走了。我累了。我要赶最后一班地铁。”他说。

为什么他要走？

“《最后一班地铁》，我好喜欢这部电影！”让说。

一个喜欢电影的鞋子狂，还有灰眼睛，这种人简直不像真的。

马克斯消失了。

他们待着，什么都没说。茱丽叶看着装饰，让，装饰，让，让，让。

让看着茱丽叶。灰色的眼睛和绿色的眼睛进行了一场长长的对话。

让向她靠过去，对她的耳朵小声说：

“《我只是个男人》。”

不得了！

“这是他们专辑里我最喜欢的歌。”

深呼吸茱丽叶，深呼吸……

他们在吧台前面，半个屁股坐在高脚椅上。

离开，留下，这个情况下应该做什么？

“我们最后再喝一杯吧？”茱丽叶小声问道。

太迟了，已经说出口了。

“不，让说……不过好吧……一杯薄荷汁。”

他看着茱丽叶的麂皮鞋。

她看着他的双手。

一双整日玩弄着女鞋的手。现在，我说话要放聪明点。

“为什么您周四早上关门？”

“为什么不关呢？”

“现在几点了？”

“我不知道。”

让的目光上移至茱丽叶的胸。

隔着毛衣他应该看不到什么。

“是时候了吧？”

“是什么时候？”

“我不知道。”

"我们是最后的客人了。"

"这很重要吗?"

仓房里的粉丝都走空了，乐手们把乐器装箱，吧台酒保收起了吧台上零散的最后几只酒杯。

让提议茱丽叶陪他。在关闭的地铁站前面，他们决定走回去。空荡荡的街上，走在搬运工身边的她感觉得到了保护。

就像保镖一样，肯定比窗帘后面的巴泰勒米先生要好。

下水道口传出了一声鳄鱼的啼叫声。茱丽叶跳到一边。

"鳄、鱼!"她叫道。

"下水道里好像有十几只。"让平静地回答。

"你闭嘴，我会相信的!哦!我对您说了'你'。"

天哪!我醉了!

"有些游客觉得小鳄鱼很可爱，就带回法国来了。有些幸免于难，在我们的脚下长大。他们喜欢这种地下生活。”让解释说。

“我喜欢都市传说……埃尔维斯·普雷斯利、沃特·迪士尼、迈克尔·杰克逊都还在一个荒凉的岛上活着。月球上看得到中国的长城。我最喜欢的，是金鱼只有五秒的记忆……”

让替她说完后半句。

“这就是为什么金鱼在鱼缸里从来不会感觉无聊。”

“但是鳄鱼，我完全相信。”茱丽叶边说着，边勾住让的手臂。

然后，他们就这样走着，手臂勾着手臂，聊着有的没的。

巷子口，茱丽叶放慢了脚步。

我在干什么？我要怎么和他说？

她停在院子门口。

“所以，大家在街区里说的是真的？”

完了。他知道。

“大家说什么？”

这样可以争取点时间。

“大家说，这栋楼里的女人放弃了爱情。”

“是真的，她们放弃了。”

茱丽叶停了一下，然后低声说：

“我没有。”

让用双手捧住茱丽叶的脸然后轻吻她的嘴唇。然后他走了。

看着他走远，茱丽叶再也不能不注意到他步伐的温柔。

她笑着，想她今晚之前还不想出门。她笑着，想他很像那个给她点心的十岁小朋友。只是高大了很多。

其实，如此简单。

她按密码，穿过院子，在口袋里找钥匙，摸到完好无损的巧克力，走上楼梯，像机器人一样脱衣服，然后忘记关掉收音机就睡着了。

一条短信叫醒了她：“您的浅口皮鞋好了。我上了蜡，它们在发光。”

- 29 -

钢琴搬运工……阿喀琉斯之踵……《我只是个男人》……让……薄荷水……鳄鱼……中国长城……金鱼……放弃爱情……我没有……他们在发光……钢琴搬运工……阿喀琉斯之踵……《我只是个男人》……让……薄荷水……鳄鱼……中国长城……金鱼……

手机铃声吓了茱丽叶一跳。

心电感应？

她笑了，接电话，笑容消失了，她掀翻了座位，从工作室冲出去，在走廊里撞到马克斯。

“把我工作室里面所有东西都关掉……没时间跟你解释了……我要回去。”

地铁？打车？不要打车，要是有游行我就要堵住了。让-皮埃尔出什么事了吗？我不能穿着高跟鞋跑。我的人字拖呢？在我包里。糟了！我没带包！没包、没票、没钱。我又没办法跳过闸机。我贴着哪个人进站好了。这个女的，她蛮瘦的。过了！还是西蒙娜不舒服？为什么地铁还不来？我应该让她打急救电话。小城堡站、敞厅站、埃提安-马塞尔站。还有一站。然后换乘。简直没完没了。这个肚子贴着我的、手臂围着我脖子的章鱼是什么鬼？为什么我落得这个状态？罗萨莉、吉斯皮娜……她们在哪里？

罗萨莉结束了一段冥想。她在收拾坐垫。她知道公寓楼不远。她想要跑，但做不到。

吉斯皮娜从出租车上下来，横穿过马路。手机响的时候，她正在卖一对十九世纪的黄铜路灯。她把买卖和她在跳蚤市场的小摊子交给别人，然后拖着脚疯狂地跑到大路上，叫了一辆出租车。

让-皮埃尔在院子里打转，犹如困兽。

是西蒙娜给她们打的电话。她苍白的声音说：“快回来……求你们了。”

- 30 -

苍白无力的太阳照着浓云密布的天空，这是她喜欢的天空。稀有树类命名的大道和百年树木让人仿佛置身公园。但是，这里不是公园。有人带着喷水壶走过，有人双手捧着花盆，脸上写满悲伤。

她们一个挨着一个缩成一团。卡拉，前一天晚上才到，冬天的大衣下穿着一条白色长上衣。这是印度葬礼的习俗。

*

她们根本不会想到，这一天，她们会聚在一起，一同道声永别。五天前，她们还因为周日例行晚餐聚在一起。西蒙娜这天晚上在做饭。她做了猪油膘炒土豆、蒲公英沙拉和蓝莓派。她们谈论着信箱里没有署名的留言，笑盈盈的，又有点不知所措："如果你们需要一个男人，我在。"可能是巴泰勒米先生，暗中观察了她们这么久以后，终于决定跨过院门？可能是试着逃出家庭的埃韦尔·桑特瑞？可能是新邻居？打击突然而来。

让-皮埃尔在顶层发出不同寻常的叫声。西蒙娜发现女王躺在床上休息，好像树林里的美人永恒沉睡，再也没有一个吻可以唤醒她。她线条优美的双腿从白色绸缎长裙里伸出来。这条裙子是她四十年前和国王表兄吃晚餐的时候穿的那条。她想再美最后一次。她苍老的双手捧着 iPod，传出的，是循环播放的掌声。她身边，一盒安眠药。阳台上，竹子开花了。

西蒙娜明白了，可能是这致命一击打倒了女王。她在房间里待了很久很久。然后，她重新下到家里，给罗萨莉、吉斯皮娜和茱丽叶打了电话。

*

她们一个接着一个，在沙发边直直地坐下，看着西蒙娜。她面色苍白，在客厅里来回踱步。她需要她们每个人都回来，才能重新开始思考。

“怎么了？”

“你结婚了？”

“不要吓我！”

西蒙娜等大家安静下来，在她们面前站定，然后小声说：

“女王选择离开这个世界。今天，我们失去了她。”

茱丽叶第一个嚎啕大哭起来。

吉斯皮娜不停地说：

“Perché ha fatto questo？ Non è possibile. L’hovista ieri，stava bene. A che ora l’hai trovata？ C’erano medicine？ E la casa Celestina？[1]”

“吉，我听不懂意大利语。”

“È encora qui？ Voglio vederla.[2]”

“吉！”

“我给你们泡杯茶吧？锦葵花瓣和……”

“别再说你的茶了，罗萨莉！”

“你叫医疗队了吗？”

“西蒙娜，你确定她不是生病了而已？”

“姑娘们，结束了！”

而内心如同阴郁的早晨，一个姑娘摇摇晃晃沉默不语……在沉默的音乐中，一个姑娘摇摇晃晃走向消亡……

再也听不到顶楼传出的《哥德堡变奏曲》的和弦，听不到海鸥，听不到女王出生地圣厄拉利耶小镇的

1 意大利语，大意为：为什么她这么做？不可能。我昨天才见过她，她看起来挺好的。你几点发现她的？她吃了什么药吗？我们的公寓楼怎么办？

2 意大利语，大意为：她还在吗？我想见她。

钟声。

门口花瓶里的银莲枯萎了。楼梯间里没了面包香。让-皮埃尔趴在墙根。公寓楼凝固了。

街区也放慢了速度。女王在这里住了好久。人们仰慕她，害怕她，觉得她古怪，不能明白她不允许男人进入公寓楼的决定，但是她从没冷落任何人。大家都叫她女王，或是超级妈妈。

*

葬礼这天，勒鲁瓦兄弟脱下了他们的灰色围裙，放下了五金店的护窗板，在门上挂了告示。“今日丧礼，关店。”书店和孢子甘蓝蔬菜店也关了门。桑特瑞一家一起走上去墓园的路。

所有人都在坟冢前相聚。

巴泰勒米先生在那儿，一只手攥着自己的布包，另一只手低低地拿着礼帽。迭戈缩在后面，一半的脸都藏在卫衣的连衣帽里，对西蒙娜做了一个安慰的手势。第一排，一个上了年纪的男人直直地站着，没有手杖，英俊而骄傲。

“这是谁?”罗萨莉小心翼翼地问。

“她的一个情人?”

看着刚刚刻好的墓碑，她们明白女王已经计划好自己离开的每个哪怕最微小的细节。

吕塞特·米肖

一九三八—二〇一三

人生是一根绳索

我们都是走钢丝的杂技演员

她还选好了小提琴手和演奏曲目。人们有权在葬礼上因为巴赫奏鸣曲的魅力而感到幸福吗?茱丽叶边听着这首柔板边想。哪怕对门外汉来说，也能感受到一种超越音符之外的共鸣。

一些旧日的舞者来到这里，安静地为女王欢呼最后一次。她们偷偷拭去干瘪多皱的面庞上流下的一滴眼泪，将一把把星星茉莉丢向桃花心木棺材，然后离开。卡拉笑着想，在印度，茉莉象征着女性的欲望，被诗意地称为“女王花”。

一个陌生男人靠近茱丽叶。她牵着西蒙娜，西蒙娜挽着吉斯皮娜的手臂，吉斯皮娜靠在罗萨莉的肩膀上，罗萨莉紧紧抓着卡拉。

“你们是她的房客吗？”他叹着气问道。

她们表示肯定。他俯了俯身。

“法比奥·萨托利。幸会[1]……幸会。”

法比奥·萨托利！

茱丽叶记得她们对峙的那晚，女王告诉她的秘密：“萨托利……特别的男人，考究、有教养……唯一一个

---

1 这一句原文为意大利语：Piacere。

在我离开之前离开我的男人。当他几年后回来的时候，我们成了朋友。他是唯一一个我愿意给予全部灵魂、全部脆弱、全部力量和全部迟疑的男人。友情，你知道，就像一块温柔的围巾，我们裹在里面。就像你和你的朋友马克斯那样。就像你自己的旧羊毛衫。”

茱丽叶犹豫了。这个时刻不太适合，不过，她想问他一些事情。

“您喜欢葡萄酒吗？是否偏爱名字好听的红酒？”

悲伤的双眼一瞬点燃。

“只要我还活着，你们周日的晚餐桌上就有红酒。”

他深深地叹了一口气。

“我最后一次和斯黛拉说话……”

他从大衣里面的口袋里拿出了一个信封。把信封递给茱丽叶的时候，他的双手在发抖。

“……她要我把这个交给您……如果她发生了什么不测。”

茱丽叶看着她的四个朋友，就像在接过信封之前请求她们的允许。

到场的人慢慢散去。迭戈消失了，还有工作等着他完成。随着温柔的小提琴声而来的是沉默，看到木棺消失在土地里之后，她们想要走走，想要呼吸呼吸新鲜空气。一棵巨大的山毛榉下有一条长凳。无需多言，她们的脚步默契地走向那里。茱丽叶坐在罗萨莉和西蒙娜、吉斯皮娜和卡拉之间。两只麻雀在长凳下觅食。罗萨莉一只手搭在茱丽叶的手臂上。

“打开吧。”

茱丽叶打开信封。里面，一根绸带穿着几把钥匙。还有一封信。

- 31 -

我的宝贝们，我的朋友们，

我看着天空，听着夜莺的歌声，给你们写这封信。

你们刚刚看到了，我叫吕塞特。对于一个芭蕾舞名伶来说，这不算一个很轻盈的名字吧！不过，我也曾是吉赛尔[1]、卡门、葛蓓莉娅[2]、灰姑娘和那么多那么多陷入爱情的女人。我在世界上所有的首都都收获了爱情。我享受了激情、痛苦、背叛、死亡。男人的眼神点亮了我

1 芭蕾舞悲剧代表人物。
2 芭蕾舞喜剧代表人物。

的道路。我喜欢男人的追求，喜欢即兴的夜晚，喜欢烟火。但是，欲望稍纵即逝，而日常的维护则是一种细致入微的艺术。我没有这种天赋。我更迷恋迪斯科球！

我筋疲力尽的身体日趋衰竭。我忠诚的侍卫离我而去。我的空间在缩小，而我总是在动荡中生活。我再也不能跳舞，我再也不能吸引男人，我更想离开，去找纽瑞耶夫、贝嘉和其他芭蕾舞大师。我不想成为脱臼的木偶。我不想听到竹子的哭声。趁我还有能力的时候，我想出演最后一幕，然后自己说：闭幕！

我既不相信天堂，也不相信地狱。我会在另一个世界里跳舞吗？我不知道。但是我非常希望我们能在别的地方重逢，希望我们听着巴赫的序曲，为我们曾经如此害怕永别而哄堂大笑。

想着这个，我几乎是带着轻快的心离开的。

我们创造了稀有的事情、美好的地方、漂亮的团体。你们都是了不起的女人，每个人有自己的魅力。照顾好自己，我的邻居们。

卡拉，你体验了你的印度梦，别忘了我们的蜂箱。

罗萨莉，我知道你一直收到弗朗索瓦的明信片。给他回信吧：“别再寄来了。”下一次有男人让你心动的时候，别再视而不见。

吉斯皮娜，你跳蚤市场旁边的摊位，那个卖大汤碗的人，要不要给他准备一碗浓汤然后邀请他来品尝？

西蒙娜，去跳舞吧！并不是所有的男人都叫卡洛斯。

茱丽叶，我的小红苹果，你不应该有那样的童年，而我，我没有童年。一晚的意外只会诞生孤儿。但是如果我有一个女儿，我喜欢她像你：强势、固执、好吃、理想主义。你对缺席的人有极大的兴趣，这是你让自己不要倒下的方法。你与我对抗，而我正欣赏你这点。很快，你就不需要开着收音机睡觉，以防自己在寂静中醒来了。你会找到适合你的那一个。阿尔·帕西诺已经有老婆了，但是我相信，属于你的帕西诺还在某个地方等你。

我顶层的庇护所是属于你的。你可以把斯黛拉的恐惧撕掉，换上镜子。如果你想让我开心，留下“疯子”和云。

亲爱的，我把仙女屋交给你们了。你们一起选了这个名字，继续在天上生活吧。这是一个时代的终结，现在由你们立下新的规矩。但是，永远不要放弃疯狂的种子，它们让我们的生活如此甜蜜。

我去和天使交朋友了，或许她们会教我用另一种方法飞翔。

再见了我的宝贝们。

你们的女王

- 32 -

她们久久地坐在长凳上，山毛榉在她们头上伸开树枝，树叶之间沙沙的风声安慰着她们。不说话，也没有拘束。

从墓地出来，让在那里，双手插在皮夹克的口袋里。他等着茱丽叶。

其他人往家走了。茱丽叶和让安静地跟着她们。

“我们怎么办？让他进来吗？”卡拉问。

“让想走的人走，让想来的人来。”罗萨莉喃喃地说。

“如果我们接受了鞋匠，下一个就是消防员。”

“然后很快，单身女子公寓就会对男人开放了。”

“这个女人找到了适合自己双脚的鞋子。”西蒙娜叹了口气。

茱丽叶和让赶上了其他人。

画面暂停。

蓬松尾巴，女人团的团宠从一大片绣球花里冒出来。

眼神交换。

天空放晴。

吉斯皮娜打开了院门。

“欢迎乔瓦尼[1]！嘿，让-皮埃尔……让他进来，你不再是公寓楼唯一的男生了！”

窗子后面，巴泰勒米先生鼓起掌来。

---

1 原文为意大利语 Benvenuto Giovanni。